春告げ鳥

柳橋ものがたり 7

沙子

時代小説

二見時代小説文庫

目次

春告げ鳥——柳橋ものがたり7

春告げ鳥——柳橋ものがたり7　主な登場人物

綾《あや》……………故あって船宿「篠《しの》屋」に住み込みの女中として働くことになった女。

磯次《いそじ》……………駿府《すんぷ》生まれの六尺豊かな大男。篠屋の船頭頭《せんどうがしら》。

竜太《りゅうた》　……………「篠屋」の最年少の船頭。

柴田時次郎《しばたときじろう》…料理茶屋「杉野屋《すぎのや》」の用心棒。女将《おかみ》のお杉《すぎ》の情夫となる。

お簾《れん》……………柳橋の芸者だったが、船宿「篠屋」の女将に納まる。

富五郎《とみごろう》…………「篠屋」の主。宿の経営は女房任せで無頓着ながら幅広い人脈を持つ情報通。

小出大和守《こいでやまとのかみ》…函館《はこだて》奉行、勘定奉行などを歴任し江戸北町奉行となった人物。

千吉《せんきち》……………亥之吉《いのきち》親分の下っ引きと、母が働く篠屋の手代とを兼業する若者。

河竹新七《かわたけしんしち》……歌舞伎狂言作者。猿若町の芝居小屋で当たり狂言を連発している大立者。

澤村田之助《さわむらたのすけ》…「紀伊國屋《きのくにや》」の屋号を持つ幕末の江戸歌舞伎一の人気を博す女形《おやま》。

松本喜三郎《まつもときさぶろう》…肥後熊本の天才人形師。「生人形《いきにんぎょう》」は見世物小屋で大人気を博した。

閻魔堂大膳《えんまどうだいぜん》…両国界隈では名の知られた易者だったが突如姿を消す。元薩摩藩士。

加古川佐内《かこがわさない》…本所菊川町で近所の者から「榎《えのき》さん」と呼ばれる加古川医院を開く医師。

小笠原敬七郎長行《おがさわらけいしちろうながみち》…三度老中を勤めた唐津藩次期藩主。正統の血筋も年下の義父を藩主に仰ぐ。

大石幸太郎《おおいしこうたろう》…生き別れとなっている綾の兄。薬箱持ちとして父の供をしていた。

第一話　ペリーさんの拳銃《ピストル》

一

慶応《けいおう》四年一月も半ばの、晴れた午後。

若い船頭の竜太《りゅうた》は、品川《しながわ》〝八《や》ツ山下《やま》〟の河岸《かし》で客を降ろすと、近くに舟をつないで自分も陸《おか》に上がった。

柳橋《やなぎばし》『篠屋《しのや》』の船頭になって一年半。頭《かしら》の磯次《いそじ》にどやされながらも、今は長距離もこなすようになった。

海の彼方を見晴らすと、安房上総《あわかずさ》の山の端が、濃い茜色《あかねいろ》に色づいている。あの辺りがくっきり晴れていれば、夜には強い北風《ならい》が吹くことも、今は身に沁《し》みていた。

だがまだ七つ（四時）にもなっていない。

今降ろした客がくれた心付けが、竜太の気を大きくしていた。陸で一息入れようか。潮風にこれ以上晒《さら》されちゃ、干し魚になっちまう。

(なに、すぐ引き上げりゃいい)

細い坂を上がるとそこは東海道《とうかいどう》。竜太は界隈《かいわい》を行きつ戻りつした。三田《みた》、大木戸《おおきど》、高輪《たかなわ》……ときて、ここは八ツ山下の歩行新宿《かちしんじゅく》。本宿よりも賑やかな品川一の盛り場だった。

山側と海に挟まれた街道の両側に、水茶屋、小料理屋、蕎麦《そば》屋、旅籠《はたご》などが、色とりどりの幟《のぼり》をはためかせている。

岡本楼《おかもとろう》、玉仙楼《ぎよくせんろう》、百足屋《むかでや》……など、品川でも有名な旅籠はその海側に軒《のき》を連ね、海鼠壁《なまこかべ》の土蔵で知られる通称〝土蔵相模《どぞうさがみ》〟が、その端に大見世を張っていた。

旅籠とは表向きで、中は遊女を何人も抱えた妓楼《ぎろう》である。舟で秘かに来る客のため、その裏に船着場も備えていた。

昨年暮れ、この歩行新宿からほど遠からぬ三田の薩摩《さつま》屋敷が、幕府の手入れに遭って炎上した。見物してきた者の話では、大砲が撃ち込まれ、銃弾が飛び交い、庭では壮絶《そうぜつ》な斬り合いがあって、市街戦さながらだったという。

大方の薩摩藩士は船で逃げたが、品川に逃げ込んだ浪士《ろうし》もいて、町のあちこちで斬り合いや放火があった。

町は息を潜め門戸を閉ざしたかに見えたが、それもほんの数日。年が改まるとまた遊客が増え始め、町人や藩士や幕臣がそれぞれに、この〝品川遊郭《ゆうかく》〟に吸い寄せられて来るようだ。

今日、いつもより人出《ひとで》が多いのは、お天気のせいだろうか。人と駕籠《かご》と馬が、埃《ほこり》をまきあげて往《ゆ》きかっている。

食べ物のいい匂いが風に漂ってきて、竜太を惑わせた。

結局は出汁《だし》の匂いに引きつけられ、山側の『栄亀庵《えいきあん》』なる蕎麦屋に入った。まずは蒲鉾《かまぼこ》と卵焼きがのった汁蕎麦をたのんだ。

仕事中の酒はご法度《はっと》だが、

「あ、一本つけてくんな」

と思わず気分が乗って、注文してしまう。

(なに、ちょっと呑むくらい構やしねえ)

「今日は賑やかだね、何かあるのかな」

と何げなく呟くと、

「ああ、今日は観音様の縁日《えんにち》ですよ」

とお運びの老女がすかさず言った。ああ、と思い出した。竜太は千住《せんじゅ》生まれで、品川にあまり馴染みがない。

「少しでも稼ぎたけりゃ、川沿いの祭りや縁日を頭に入れておけ」

と磯次に教えられ、調べたことがあったのだ。

この宿場町で〝観音様〟といえば、街道沿いの品川寺《ほんせん》のご本尊だ。太田道灌《おおたどうかん》が江戸城築城の折に、伽藍《がらん》を建てたんだっけ。

運ばれて来た熱燗をちびちび呑むうち、暗くなるまでまだ間《ま》があるな、とふと思った。町をちょっと覗いてみるか。

日が落ちるころに戻れば、縁日帰りの客が拾えるかもしれない。

勘定を済ませて店を出ると、南の方へとブラブラ歩いた。

街道筋に軒を並べる妓楼が、まだ黄昏《たそが》れとも言えぬ西陽の中に、すでに一斉に行燈《あんどん》の灯を入れている。

その様《さま》は、日暮れ前に一斉に花開く夕化粧《ゆうげしょう》の花群《はなむれ》のような華やかさだ。島崎、太田屋、和国《わこく》……と艶《なまめ》かしい看板が次々に目に飛び込んで来る。

さして広くない街道に、ひやかし客のぞめきが満ち始め、そんな人の流れに身を任せながら、竜太は久しぶりに胸をときめかせた。

この町ではこうした妓楼を飯盛旅籠《めしもりはたご》という。幕府公認の遊郭ではないためだ。その実〝飯盛り女〟と呼ばれる遊女たちは、吉原《よしわら》の花魁《おいらん》と華美を競い、豪華を誇っていた。だが〝坊やよいこだ寝んねしな　品川女郎衆は十　匁《じゅうもんめ》〟と、しりとり唄にも唄われるように、その花代《はなだい》は高くはない。

しばらく南に下って行くと、品川橋に出た。

街道を横切る目黒川に架かる橋で、その手前に本陣があり、この一帯は本宿《ほんじゅく》と呼ばれている。

竜太は橋を渡らずに、海側の盛り場の幾つかの横丁に、足を踏み入れてみた。これと思う店は、普段ならとても手が届かぬ高嶺《たかね》の花だが、今日は多少の持ち合わせがある。

竜太は、先ほど心付けを弾《はず》んでくれた、三十代半ばの商人ふうの客を思い出した。途中で所用のため一時陸に上がって舟を待たせたし、八ツ山下の船着場では、荷の上げ下げを手伝ったからだろう。

胸算用《むなざんよう》してみると、料理茶屋で少し呑むくらいなら大丈夫だ。

もちろんこれ以上の飲酒は禁物だと、承知の上のこと。若い竜太には、多少の暴走は誤差のうちで、大抵《たいてい》のことは何とかなる。

（何をくよくよ川端柳、風が吹いても江戸のうち、嵐になっても江戸のうち……）

と嘯《うそぶ》き、だんだん気が大きくなっていく。

ざめきの中を竜太は心地よく流された。この町には横丁が多い。清水《しみず》横丁、竹屋《たけや》横丁、陣屋《じんや》横丁、黒門《くろもん》横丁、大原《おおはら》横丁、青物《あおもの》横丁……。

その奥に何があるのだろう、とあらぬ夢が膨れる。

きょろきょろして歩いていると、背後から人ごみを縫って来る小走りの足音がし、一人の女が竜太の肩に軽くぶつかって追い越していく。

何だよ、とその後ろ姿を目で追った。

それはすんなりして美しく、つい見とれているうちに、少し先の海側へ下る横丁に、吸い込まれるように消えて行く。

誘われて竜太は、その横丁の入り口に立ってみた。路地は思いがけなく暗く、女の姿は遠くにチラと見えただけだ。

明るい往来から少し踏み入っただけで、そこはもう夕闇が垂れ込め、何をしている家とも知れぬしもた屋が、密密と軒を重ねている。

潮の香がして、路地の向こうは海らしい。路地はそう深くはないはずだが、闇を溜めた裏道はどこまでも続いているように見えた。

この町に色めきだつ灯りの多さと横丁の暗がりは、竜太が住む柳橋の色っぽさとは、比べようもなく淫蕩《いんとう》に感じられる。

路地から引き返し、元の通りへ戻るとほっとした。

威容《いよう》を誇る旅籠や、料亭の前には、いつの間にやら襷掛《たすきが》けに前垂れの女たちが立ち並び、通りかかる男たちを腕ずくで呼び込んでいる。

竜太には一向に声がかからないのは、〝篠屋〟と染め抜いた半纏と股引きのせいかもしれぬ。一目で船頭と分かり、女たちには懐具合も推察できるのだろう。

（ふん、頼まれたって行かんわい）

内心ぼやいていると、若い前垂れ娘に声をかけられて慌てた。

「わしは品川寺にお詣りに来たんじゃ」

と心にもないことを口走って、早足で通り過ぎようとする。

「あら、品川寺さんは方向が違いますよう」

娘は笑い、竜太を値踏みする目で見回した。その赤い前垂れには、〝花見亭《はなみてい》〟の字が白く染め抜かれている。

「お参り前のお浄《きよ》めに、一杯いかがでしょう？」

「いや、帰りがあるから、酒は呑まん」

「お客さん、船頭さんでしょ。帰りは少し遅いほうが、縁日帰りのお客さんを掴《つか》めますよ」

「あんたが酌《しゃく》してくれるんなら呑んでもいい」

「いえ、中に、もっといい子が沢山《たくさん》いますよ」

「あんたがいい」

「今は無理……でも後で顔を出しますから」

などと言われ、橋に近い料亭に押し込まれたのである。

「お滝《たき》さーん、お願い」

娘の甲高《かんだか》い声に、四十がらみの小太りの仲居が出て来た。まさか、このお滝さんを相娼《あいかた》にするんじゃなかろうな、と慌てて振り向くと、娘はもう消えている。

「いらっしゃいまし」

お滝と呼ばれた女は、濃い化粧が小皺で割れているが、どこか末枯れた色気が残っている。チラと竜太を見る目付きにも力があり、修羅場をくぐって来た往年をしのばせる。

先に立って奥座敷に導こうとするので、慌てて言った。

「軽く呑むだけだから、ここでいいよ」

「あ、そ」

思いのほかお滝はあっさり言い、入れ込みの衝立屏風《ついたてびょうぶ》で仕切られた席に案内して、注文は？　という顔で立っている。

「えっと、熱いところを二、三本と、刺身……を頼む。え、魚？　何でもいいよ。あとは鍋かな……」

この店は決して大店《おおだな》ではないが、居酒屋以外でまともに飲食したことがない竜太は、気後《きおく》れして思いつきを早口で言った。

すると、すぐに蒲鉾と三つ葉のお浸《ひた》しの付き出しが出て、ややあって銚子二本と、鯛《たい》の刺身が運ばれてきた。

続いて寄せ鍋が出され、お滝が簡単に給仕して、すぐ引っ込んだ。

酒が入ると、さすがにいい心持ちだった。あの仲居は愛想は悪いが、懐を見透かしたような態度でもない。店も高くはなさそうだ。

勝手が分からないため、遠方に旅しているような気分である。

（あの娘が来たら、奥に上がろうか）

と考えた。ザッと計算すると、あの客から得た船賃と心付けに、多少の持ち金を加えると、女と遊ぶくらいは何とかなりそうだ。

帰ってから磯次に泣きつけば、金は何とでもなる。

だが娘はいっこうに現れない。

二

（あの娘は来ない）

と思い知ったのは、もう五つ（八時）に近く、そこそこ酔いが回っていた。今さら腹も立たないが、その辺であの娘を探して、一発ぶちかましてやろうと思う。

「ちょっと……お滝さんよ、勘定をたのむ」

「はーい、少々お待ちを」

そんなやりとりで、先ほどの仲居が出て来た。要求された額は思った額より少なく、一朱銀《いっしゅぎん》を二つ渡し、釣りはいらないと立ち上がる。

その時だった。

表戸がガラリと開いて、ガラの悪い男が、若い手下を連れて入って来たのだ。すぐに入れ込みを見回して竜太の姿を見つけると、年配の方の、頬骨の張った男が、ズカズカと歩み寄って来た。

「おい、若いの。お前……篠屋の船頭だな？」

窪《くぼ》んだ眼窩《がんか》に小さく光る目は、竜太の半纏に食い入るように注がれている。

「ならどうしたい」

横柄《おうへい》に訊ねる男にムッとした竜太は、とっさに言い返した。無鉄砲で向こう気が強い上に、酒が入っている。

「御用の筋で訊くんだが、何《なん》てェ名だ」

「名前だと？　篠屋の竜太ってんだが……」

「生国《しょうごく》は？」

「おい、わしは無宿者じゃねえよ、江戸前の船頭でえ」

竜太は気色《けしき》ばんだ。

「ちょっと番所まで来てもらおうか、訊きてえことがある」

「なに、番所？」

スッと酔いが醒《さ》める気がした。こいつ、十手《じって》者か？

「な、何だよ。勿体《もったい》ぶらずにここで言ってもらいてえ。知ってることたァ隠さず喋るよ」

「てめえが下手人《げしゅにん》だってこたァ調べがついてる」

「な、何だと？」

言いざま、やおら竜太は立ち上がり、いきなり殴りかかった。握り拳《こぶし》は相手の顎を
とらえたが、すぐに手首を後ろ手に捻《ね》じあげられてしまう。

「お上《かみ》に楯突く奴ァ許さねえぞ」

「なんだよ、お上じゃねえ、あんたに楯突いてんだ」

「野郎、神妙にしろィ」

その台詞《せりふ》を合図に、若い方が飛び掛かり縄を打とうとした。

「何をする！　わしは何もしてねえぞ」

相手の手を振り払ったとたん、強い吐き気が、ムラムラと胸底から上った。目の前
が暗くなり、危うく倒れそうになった。

悪酔いしたようだ。嫌な予感に、全身が反応したのだろう。喉元まで込み上げてく
る酸《す》っぱいものを、必死で呑み込んだ。

「ちょっと、親分さん……」

真っ青になった竜太の長い顔を見かねてか、あの仲居が割って入った。

「捕物は外で願いますよ。いつも言ってるじゃないか、店の中じゃ、お客さんはお客

さんだ。お守りするのが役目ですからね」

その断固とした口調に、一瞬、岡っ引は引いた。

仲居は竜太に向かっても、気丈に言い放つ。

「ほれ、お客さん、しっかりおしよ。吐きたけりゃ外で頼みます。店を汚したら、お代を頂くよ」

突っ立っている岡っ引を尻目に、やおら竜太の背に手をかけると、玄関の戸を開けて外に押し出した。

店の横丁の暗がりへ、力任せに押しやられた時、竜太は耳元に囁く低い声を聞いた。

「あいつはタチの悪い親分だ、早くお逃げ。山の方がいいよ……」

そのまま転がり出て、のめるように横丁の暗がりへと逃げ込んだ。

横丁は、また別の横丁に繋がっており、迷路のような裏町を右へ左へと、当てずっぽうに折れて行く。背後に聞こえていた追跡の足音がたちまち遠ざかり、途中で広い街道を横切った。海側から山側へ移動したのである。

寺が多くなり、その塀に沿って走ると海の気配は消えた。

明かりもないため、何かに蹴《け》つまずいて、道端に倒れ込み、そのままそばの農家の庭先に転がり込んだ。

黒々した木の根元にへたり込むと、口の中に血の味がした。痛みは感じないが、転んだ時、舌を噛んだらしい。

(一体何があったんだ?)

無我夢中でここまで逃げたものの、何が何だか分からなかった。

初めて冷静に考えたが、あまりに藪《やぶ》から棒で、事情がさっぱり呑み込めない。なぜ追われているのか、あの仲居はなぜ助けてくれたのか。

今のあの親分が、店で竜太を一目見て、〝船頭〟と認めたところからして、初めから船頭を探していたようだ。店名を染め抜いた半纏姿の自分は、あらぬ疑いをかけられたのではないか。

品川に着いてからの行動を一つ一つ追ってみる。

思い浮かぶのは、船着場で降ろした舟客しかいない。

笠を被っていて、はっきり顔は見ていないが、三十四、五だろう。がっちりした体格で、眉の薄い、ひどく無口な男だった。

まさか、あの客の身に何かあったのか?

さほど裕福そうにも見えなかったが、金がありそうだった。背負っていた大きな荷物も金目になると狙われたか。もしかしたら命まで奪われた? そう推理すると、震えがきた。

船着場に繋いだままの舟が発見され、船頭がまだ品川にいるのを知られたか？　この姿では、人の目にも残りやすいだろう。

岡っ引は目撃情報を辿《たど》り、やすやす自分の所在を突き止めたのでは。そう考えると、無鉄砲な竜太が、さすがに心細くなった。

まずこの半纏を脱ぎ捨てなければならぬ。しかしそうしたとしても、どこまで逃げ切れるか。仮に品川からは逃げても、追っ手は柳橋『篠屋』に乗り込むだろう。篠屋に迷惑かけることだけは、避けたかった。

思うほどに、怒りがぶり返してくる。無実の者に、いきなり神妙にしろだの御用だの、一体何ごとだ。あんな岡っ引が相手じゃ、白も黒と言いくるめられよう。

(だがお奉行様は、分かってくれるのではないか？)

しかし奉行所は、今は混乱を極めている時だった。いったん捕まったら最後、ろくな御吟味《おぎんみ》もないまま牢にぶち込まれ、処罰されよう。

捕まってぶち込まれるより、今を逃げた方がいいか？

だが篠屋を破滅に追いやり、自分が再び無宿人になるのは、もっと恐ろしかった。

篠屋のつとめは楽ではないが、家族のような雰囲気がある。もう寒風吹きさらす無宿の身には戻れない。

逃げるより自ら番所に名乗り出て、身の潔白を主張するべきではないか。どんなに拷問《ごうもん》されても、苦し紛《まぎ》れの〝自白〟さえしなければ、いつかは無罪放免《ほうめん》になる時が来るかもしれぬ。

（負けるもんか）

と思ってペッと唾を吐くと、涙までが吹き出した。

三

翌朝、篠屋は大混乱の中にあった。

品川から十蔵《じゅうぞう》と名乗る岡っ引がやって来て、竜太の身辺を聞き込んで行ったのである。

話によれば、昨日の午後遅く、品川本宿の海辺で〝殺し〟があったという。そこで十蔵親分が捜査網を張ると、間もなく一人の船頭が引っかかり、身柄《みがら》を拘束《こうそく》している、それが竜太だと。

もともと地元の〝顔役《かおやく》〟で、岡っ引に抜擢された十蔵は、そのくらいの情報はすぐ入る。どの旅籠も親分の心証《しんしょう》を良くしようと、熱心に情報を提供してくれるのである。

殺されたのは、三十半ばの呉服屋木久蔵《きくぞう》。通報者は、木久蔵が出入りする料理茶屋『杉乃屋《すぎのや》』のおかみである。

十蔵は、杉乃屋のおかみとは懇意《こんい》にしており、出入りの呉服屋の木久蔵とは顔見知りだった。

呉服屋といえば聞こえはいいが、実際は飯盛女が相手の古着屋だ。

古着は、神田川沿いの柳原土手《やなぎわらどて》の古着市場などで仕入れ、それを品川の旅籠や茶屋に持ち込んで、安値で売る。

また、女たちが着古した着物も買い取って、身辺の雑用をこなす老女が洗い張りや仕立て直しをし、底値《そこね》で古着市場で売る。

そんな小商いを十年近く続け、この色町に深く食い込んでいた。昨年には呉服店の看板を出し、若い店番を一人置くまでになった。

杉乃屋は海辺に近い繁盛《はんじょう》する店で、木久蔵は商売のため足繁く出入りしていた。年下のおかみを〝あねさ〟と呼び、女中たちからは〝くなんしょ〟の木久さんと呼ばれて親しまれているのだった。

今はどこから見ても江戸っ子だが、以前は少し訛《なま》りがあり、土産を渡す時など〝食べてくなんしょ〟と必ず言うので、そう呼ばれていた。

杉乃屋では昨夕、芸妓《げいしゃ》を上げての酒宴が繰り広げられていた。

そんなまだ宵の口、忙しく宴席と厨房を往復しているお杉《すぎ》の元へ、店の用心棒をつとめる浪人が駆け込んで来た。

柴田時次郎《しばたときじろう》といい、数年前からこの店に雇われている。

「今、近くで人を撃った。向こうが斬りかかって来た」

柴田は肩で息を吐いて、一気に言った。

時次郎は、杉乃屋に向かう途中、背後から男に呼びかけられた。知り合いの声だったから気安く振り向くと、いきなり刀で襲いかかってきたという。

足音にはすでに気づいており、この町に生きる用心棒の常で、懐で銃に手を触れていたため、とっさに振り向いて二発撃ったのだと。

一発は逸《そ》れ、刀をめがけて撃った一発が、腕に当たったようだと。

「そいつはあの木久蔵だ。大丈夫、死んじゃいないから、手当てしてやってくれ。おれはこれから番所に出向く」

「えっ、そ、それより、現場に案内してちょうだい」

おかみのお杉は真っ青になり、自首しようとする時次郎を押しとどめ、親分を呼びに手代を近くの番所まで走らせた。

自らは気丈《きじょう》にも店の若い衆に戸板を持たせ、番頭には龕灯《がんどう》を持たせ、杉乃屋の字が入った提灯《ちょうちん》を下げて、現場まで時次郎に案内させたのである。

ところが木久蔵は、時次郎の証言よりはるかに容態《ようだい》が悪く、すでに虫の息だった。

皆は驚き、親分の到着を待たずに医者宅まで運ぼうとゴタゴタしているところへ、十蔵が駆けつけて来た。

瀕死《ひんし》の人間には慣れている十蔵は、さすがに手早く、冷静に動いた。

怪我人を検《あらた》め、一発の弾による銃創と、首に刀傷があったこと、懐に財布がないのを確かめてから、戸板に乗せて医者の元へ送らせた。

その後、龕灯を照らして現場近くを調べ、時次郎の言うもう一発の弾を確保。木久蔵が背負っていたはずの荷は見当たらなかった。

そばに転がっていたのは木久蔵の腰にあった道中差しで、首の傷はその刀で斬られたものに違いなく、まだ血を吸って濡れている。

「おれは斬ってはおらんぞ」

十蔵の鋭い視線を浴びて、時次郎は睨み返した。

「斬ってはいねえが、撃ってはいなさると……？」

「そうだ、これは無礼討《ぶれいうち》と申すもの、武士であれば振りかかる火の粉は払わねばならん。ただし手加減はしたつもりだ」

「であればこの傷は、誰かが後で現れて犯行に及んだと？」

十蔵は胡散臭《うさんくさ》げに、皮肉な言い方をした。元々が、用心棒としてのさばる浪人どもが気にくわないのだ。

「本人が苦しんで、自分でトドメを刺したかもしれん」

「なるほど。ともあれ詳しいことは番所で伺いましょう。これからご同行願いますかね」

十蔵はその場で、腹心《ふくしん》の下っ引を木久蔵の店まで走らせ、使用人に話を聞いてくるよう言いつけた。時次郎の言を信じれば、別に下手人がいることになり、品川から出さずに取り押さえたかった。

十蔵が柴田時次郎を促して番所に向かうと、お杉は番頭と共に店に戻ったが、衝撃で仕事が手につかない。

この夜は宴席があって、しばらくお座敷で客の相手をしたが、心ここにあらずだ。時次郎は杉乃屋の用心棒であり、お杉の情夫《おとこ》でもあったのだ。

一方の木久蔵は出入りの商人だったが、以前からお杉に心を寄せており、時次郎と恋仲であるのを嫉妬している節《ふし》があった。

それを承知でお杉は、この男をあしらってきた。酔客《すいきゃく》を扱う料理茶屋のおかみであれば、そのくらいの芸当は当然だった。

ただ木久蔵は時次郎を嫌ってはおらず、会えば愛想よく挨拶し、たまには飲み屋で盃を交わすこともあって、表面は何ごともなく過ぎて来たのである。

そんな落ち着かぬ夜が更けてから、十蔵から使いの者が来て、下手人の見当がついたと伝えて来た。どうやら木久蔵を送って来た船頭が、品川で遊ぶ金欲しさに、裕福らしい木久蔵を襲ったようだという。

十蔵の手下の下っ引が、木久蔵の使用人に会って話を聞いたところ、主人は少し前に帰宅して、倉庫がわりにしている隣家に大きな荷物を置き、また出て行ったと。今朝は、早朝に柳原の古着市まで出かけ、荷が多いので帰りは舟で帰ったはず——、という証言を得た。

そこでその足で船着場に走り、繋がれている小舟を見つけた。

舟には『篠屋』の名があり、それが柳橋で名の知れた船宿と判明。近くでまだ作業をしていた者の話では、その舟は七つ（四時）前に接岸し、大きな荷を背負った男客が下船した。続いて若い船頭が降りて、後を追うように街道の方に行くのを見たという。

下っ引のその報告を聞いて、十蔵はすぐに手下を動員し、街道筋を聞き込ませた。すると半纏を着た船頭らしい若者が、複数の呼び込みの女たちに目撃されていたのである。

女たちの証言によって、船頭の居場所は難なく突き止められた。その場では逃げられたが、今夜中に捕縛するつもりだという。

そして真夜中ごろ、また十蔵から知らせがあった。

一旦逃げた船頭は、街道筋も船着場も追っ手が封鎖しているのを知って怖くなり、自ら出頭して来たというのだ。

ただ品川の色町をうろついていたとは認めたが、木久蔵の後をつけ、懐を探って致命傷を与えた疑いは、強く否認しているという。

だが十蔵は、この男に間違いないとした。

十蔵によれば、船頭などというものは、櫓《ろ》を漕《こ》ぎながら、いつも客の懐具合を読んでいるものだ。懐の潤沢《じゅんたく》さを知った若く貧しい船頭が、妓楼で遊ぶ金欲しさに、客の後をつけても何ら不思議はない。

いずれにせよ船頭は、今日の夕方には伝馬牢《てんまろう》に入るだろうと。

四

「こんな時に、あの馬鹿が！」

十蔵が帰ってから、真っ先に声を荒げて罵《ののし》ったのは頭《かしら》の磯次である。〝こんな時〟とは、こんなに世の中が騒がしい時、という意味だ。

「あの子は、いつかはこんなことがあると思ってたんだけど」

とおかみのお廉《れん》が同調した。

「まあ、慌てなさんな。あの子が、人を殺《あや》めるはずはねえんだから」

知らせを聞いて戻ってきた主人の富五郎《とみごろう》は、美味そうに莨《たばこ》を吸い、火鉢に手をかざして落ち着いている。

「いずれ奉行所の吟味があって、見込み違いで釈放されるだろうよ」

「これだから嫌だっていうのよ、旦那様は。何につけてもお気楽なんだから。今の奉行所が、ゆっくり吟味する暇なんてありますか？」

とお廉がなじるように言うと、

「そうですとも、ロクなお調べもないまま、島送りじゃないんですか」

と女中頭のお孝《たか》まで帳場の入り口から顔を出し、心配そうに言う。

「まあ、そうばかりでもなかろう」

富五郎は煙を吐き出し、ポンポンと煙管《きせる》を長火鉢の縁に打ちつけた。

「ただわしが心配してるのは、お掛かりのお奉行様が、どこまでやってくれるかだ。あのお方は、あの焼き討ち事件のどさくさで、混乱収拾のため引っ張り出された新米《しんまい》だからな」

「あっ、小出大和守《こいでやまとのかみ》様のことですか？」

千吉《せんきち》が言った。

「おや、小出様を知ってるのか」

「当たり前でしょう、おいらだって、お役人の端くれですからね。あのお奉行様なら新米も新米、まだ一月《ひとつき》もたっちゃいませんや」

「お前、お見かけしたのかい？」

「はい、奉行所を出て来られるとこを、遠くからちょいと……」

と千吉は首をすくめた。

「背は高からず低からずで、なかなかの男前だったすよ。ただちっと青っちょろくて、なんかこう頼りない感じだったっす」

「うーむ。一昨年まで蝦夷地《えぞち》におられた方だ、もっと隆々としてると思ったがな。しかしいきなり江戸町奉行は難しかろう」

「あらまあ、蝦夷ですか？」

お廉が頓狂《とんきょう》な声を上げた。

「あんな僻地《へきち》で、熊のお世話でもなさっておられたの」

「ばか、箱館《はこだて》にも奉行所てェものがあるんだよ」

富五郎が苦笑してたしなめる。

箱館はペリーのおかげで開港され、初めて奉行所が置かれた、蝦夷地最南端の漁師町である。

小出奉行はこの箱館で数々の業績を挙げ、昨年、三十三の若さで遣露大使《けんろたいし》に任じられ、ロシアに派遣されている。

帰国してからは、勘定奉行小栗上野介《おぐりこうずけのすけ》の推挙《すいきょ》でその後任となったが、健康を害してほどなく辞職している。

「この大和守てえお方が、たいそうな切れ者なのは有名だ。しかし江戸は、蝦夷だのロシアだのとはわけが違うからな。町人同士の〝切った張った〟なんかにゃ、興味がなかろう。ぶっちゃけ、わしら下々《しもじも》とは、あまり縁がおありにならんと思う」

「…………」

皆は頷いて、固唾《かたず》を呑んで耳をすませた。

「まあ、わしに言わせりゃ、場違いな人選だ。江戸っ子はちょいとばかり小うるさい連中だ。情と心意気で持ってるようなこの町で、情け容赦もねえキレッキレの切れ者が、血の通ったお裁きが出来なさるのか」

と莨を吸い込み、吐き出した。

「ああ、竜太も運がねえなあ」

と船頭の六平太《ろっぺいた》が呟《つぶや》いた。

「潔白であろうとなかろうと、こりゃ助かりそうもねえや」

「だから、あたしは旦那様にお願いしてるんですよ。ねえ、何とかしてあげておくれな」

「そいつァ無理だ。あのお方には、さすがのわしもツテが全くねえんだよ。とりあえずは、必要な物を牢に届けるのが先決だろ。特にツルは早く持って行かんと、酷いめにあおう。千吉、行って来い。牢役人にも鼻薬を忘れるな」

「へえ、大概《たいがい》のお役人は顔見知りですから、明日にもさっそく」

亥之吉《いのきち》親分に従いよく出入りしていて、大抵の役人とは顔見知りだったのだ。

「お廉、金を用意してやれ」

「頼みます、おかみさん」

と千吉は立ち上がりかけて、ふと思い出したように言った。

「そういや、その柴田何某《なにがし》とかいう者ですが、噂じゃどうやら会津藩《あいづはん》の脱藩浪人らしいすよ……それも医者崩れだったとか」

五

戦《いくさ》の噂に浮き足立った奉行所のお役人は、〝古着商殺し〟など巷《ちまた》の小事件を、まともに裁いてくれるのか。

その夜更け、船頭らはそんな不安に駆られ、仕事が一段落してから厨房に誰からともなく集まっていた。

そうとは知らぬ綾《あや》は、いつも通りに床《とこ》に入ったが、眠れない。

竜太が人を殺めるなどあり得ないが、危っかしい若者だ。世間知らずで考えなしのくせに、向こう気ばかりが強い。

誰かの悪意に利用されそうで、いつもハラハラして来たのだ。

そんな思いで頭が一杯になり、あれこれと想像を巡らした。

柴田時次郎という浪人が、会津の脱藩者で、医者崩れだったという事実も、綾には衝撃だった。未だ消息が知れない兄も、こんな境遇にあるかと思えば、他人事《ひとごと》とは思えなかった。

別れてからもう長い時がたち、兄も自分も遠く離れて漂っている身。どこまで流されるのかと思うと、深い夜の闇に呑み込まれそうだ。

眠れぬままあれこれ考えていて、厨房の話し声が耳に入った。耳をすませると、静《せい》寂《じゃく》を破って裏戸を開ける音がした。

ボソボソと相槌《あいづち》を打つ声は、千吉と磯次らしい。まだそんな時間かしらと、闇夜に灯火を見つけた気分で綾はむっくりと起き上がり、寝巻きの上に綿入れを羽織って出て行った。

千吉や甚八《じんぱち》らが車座になって呑んでいる。

「あれ、起こしちゃった?」

千吉の声が飛んで来た。

「いえ、何だか眠れなくて」

「みんな同じだ」

と千吉は背後の磯次を振り返った。今、外から帰って来たのは磯次だった。途中の酒屋で調達してきたらしく、腕に抱えた一升徳利を千吉に差し出し、弁解するように言った。

「いや、おれはもう上がりなんでね」

そこへ五合の貧乏徳利を抱えて、当直の六平太が船頭部屋から出て来た。部屋にあったと弁解したが、本人が買って来たものだろう。

厨房には調理の温もりが残っていてほんのり暖かい。綾はつい土間に下りて、残り物をかき集めて盆に乗せて出した。

酒が入ると、千吉が待ちきれないように言った。

「おいら、考えたんだけど、その木久蔵が撃たれてから、皆が駆けつけるまでの間に、誰かが通りかかったのは確かだな」

「うん、あんなに家の密集した町だ。通りかからずとも、パンパン……という銃声を、誰かは聞いてるはずだ」

六平太が、濃い眉を顰《ひそ》めて頷いた。

「仮に、銃声を聞いて飛んで来た者がいたとして、そこに柴田何某はおらず、暗がりに倒れて苦しんでる男を見つけた」

　と千吉が言った。

「大丈夫か、と介抱のつもりで身体をさすると、懐に財布がある。引き出してみると重いんで奪おうとしたが、まだ息のあった木久蔵に抵抗され、つい……」

　側に転がっていた刀を手に取って、木久蔵の首に斬りつけたと。

「まあ、大方そんな筋書きだろうがな。その様を見た者はいなかったのか。目撃者の証言がなけりゃ、竜太は釈放されんぞ」

「だからお頭《かしら》、そいつを探しにおいら、品川に行って来ようと思う。ぐずぐずしてると竜太は牢送りになっちまう」

「だが縄張り荒らしはきついぞ。実はおれも今しがた、品川で船頭やってた兵八《へいはち》って男に一杯おごって話を訊いてきたんだが」

「お頭はやることが早えや」

「時間勝負だよ」

　事件のあった辺りは、杉乃屋の裏手に通じる海べりの道だった。

　土蔵とか、空き家とか、怪しげな私娼窟がごみごみと密集しており、そこを抜けると、ゆるい丘と海岸に挟まれた、あまり人の通らぬ道になる。

「その辺りは家は切れていて、人通りもない。目撃者や、銃声を聞いた者を探すのは、難かしかろうと」

　磯次が続けた。

「それに兵八の話じゃ、あの岡っ引の十蔵は、町のゴロツキの親分らしいぜ。戦が始まりゃ、品川が真っ先に火の海だろう。早いとこ手柄《てがら》を挙げてズラかろうと、浮き足立ってる。おまけに縄張争いが半端じゃねえ。そこら中で、手下が見張ってるから、挨拶なしにうっかり入ろうもんなら、半殺しにされるそうだぜ」

「お城じゃ、まだ恭順《きょうじゅん》か主戦か揉めてるんでしょ？　もし戦がおっ始《ぱじ》まったら、囚人はどうなる？　刑が決まった囚人も、未決囚も、何もかも一緒くたに前線に駆り出されるのかな」

　と六平太が言った。

「なにせ、前例のねえ話だ。十蔵に見つからねえように、ともかくおいらは杉乃屋の周辺を聴き込んでみる……」

「いや、千吉、やめた方がいい」

　止めたのは、ずっと黙って聞いていた番頭の甚八だった。

「今、お頭が言った通りだよ。お前は腕のいい下っ引だが、まだあそこは無理だ。品川は江戸の外れの宿場町だでな、薩長《さっちょう》のお侍や、水戸《みと》衆や、無宿者や旅の衆が入り混じってて、訳がわからん」

するると、磯次が千吉の茶碗に酒を注いで言った。

「ここはおれが行く」

「…………」

皆は黙って酒を呑んだ。橋の辺りを、ほいほいと掛け声をかけながら、駕籠屋が通り過ぎて行く。

「品川の船頭には知った顔が多いんだよ。おれなら、いざという時には連中のところへ逃げ込むが……」

「いや、お頭でもここは譲れねえ。もう亥之吉親分に話は通してあるし、これでも石投げの千吉といや、ちょっと名の知れた十手者《じってもの》だ」

と千吉は得意の石投げの格好をして見せる。

「よく聞け、千吉、わしらは援護出来んのだ。したくてもな。通常《いつも》通りに仕事しなきゃならんし、篠屋に迷惑かけられん」

「つまりね、千さん」

とそばで聞いていた綾が、思わず口を挟んだ。

「あの複雑な品川宿に、若いあんたが徒手空拳《としゅくうけん》で行くのは危険だと、お二人は言っていなさるの。腕は良くても、経験不足だし」

千吉は顔をしかめた。

「いえね。だから真正面からじゃなく、千さんだから出来る方法もあるんじゃないかって。さっきから考えてるのはね、こう、攻めては逃げ、逃げては攻める……」

「何だい、それ？」

「例えば、引札《ちらし》を使うのはどうかしら？　現場近くで、会う人ごとに配ってみるとか。そこら中に貼るのもいい。怖い人が来たら逃げ、逃げてはまたばら撒《ま》く」

「引札なんてダメだよ。片端から剝がされるし、見つかりゃボコボコにされる。割りに合わねえや」

「剝がされてもいいの、人の目に止まればね。千さん逃げ足、速いでしょう。引札配って逃げれば、捕まらない。引札は二十枚もあればいいから、私がこさえてあげる、文面は例えば……」

〝品川の古着商殺しにつき、目撃証言を求む。

解決につながれば、銀百枚進呈〟

「その報償金て、誰が出すの？」

千吉は不機嫌に眉をひそめた。

「それに、字の読めねえ人だっているんだぜ」

と、六平太が割り込んだ。

「それと、目撃者はどこへ訴え出ればいいんだよ？　十蔵の目を盗んでやる以上、番所へ訴えるわけにゃいかねえんだぜ」

「十蔵の縄張りじゃ、引札は無駄だ」

磯次の最後の一言に、綾は頬を少し膨らませて黙った。

「ただ千吉、本当に行く気なら止めんが、勇み足は禁物だぞ。準備にもう一日かけろ。明日は何としても竜太に会って、周辺の話を聞くことだ。おれももう一度あの兵八に会って、援護を頼んでみる」

「分かったよ、お頭」

と千吉はとうとう肩をすくめて頷いた。

二日後の朝、綾がいつも通り起きて台所に出て行くと、味噌汁の匂いを漂わせながら、お孝が黙々と朝の賄《まかな》いを作っていた。

「お早う、今朝は早いですね」

と声をかけると、振り返ってお孝が言った。

「うちの馬鹿が、変に早起きしたんでね。何も食べずに出かけちまったけど、どこに行ったか、あんた分かるかい？」

「さあ……」

昨夜来の北風は止んだが、寒い朝だった。

六

その午後遅く小出大和守は、城から奉行所まで騎馬で帰ってきた。

表門から入り、玄関前で馬から下りた時、庭に咲く濃い紅色の寒椿《かんつばき》にふと目を奪われた。

それは今にも小雪が舞いそうな庭の茂みに、あまりに鮮やかに花開いている。吸い寄せられるように視線を注いでいると、雪一色だった箱館の冬が思い出された。

冬の蝦夷地で、こんな美しい花を見たことがあったろうか。

花一輪許さぬ妥協のないあの厳しい寒さに、我が健康は、じわじわと蝕《むしば》まれたのだと思う。だがそんなヒリつくような北国の厳寒の冬を、こよなく愛したのも確かだった。

それから執務室に入り、机に向かって少し咳き込んだ。

するとまた寒椿の残像が目に甦り、しばし物思いに沈んだ。

やがてキシキシと袴《はかま》の擦れる音をさせて、廊下を近づいてくる足音がし、ふっと我に返った。

「平間《ひらま》ですが、よろしいですか」

半開きの障子の陰から、与力《よりき》の声がした。

「おう、入れ」

平間は、ここ数日に認《したた》められた訴状の山を抱えてきた。

小出奉行は昨年十二月末、この呉服橋《ごふくばし》御門内にある北町奉行所に配属されて、まだ一月《ひとつき》もたっていない。

だが年が明けてから、大事件が怒濤《どとう》のごとく相次いで、毎日登城するたびに御城で足止めを食う。城に滞在する時間が長過ぎた。

つい最近まで、全旗本が集められての怒号飛び交う大評定があった。

また、互いの心の震えが感じられるほど額を寄せての密談や、意見の違う一派との激しい膝詰め談判に立ち合った。仲間同士が手を取って慟哭《どうこく》する場面にも遭遇し、平常心が揺さぶられることこの上ない。

長い徳川の歴史の中で、まさかこの自分が幕府の消滅に立ち会うことになろうとは。こんな日々の明け暮れは、まるで水面《みなも》を歩く夢のように現実離れしていて、信じられなかった。

すでに〝見るべきものは見つ〟の心境だった。

だがそんな小出に、大きな難題が託されていた。

関八州《かんはっしゅう》の被差別の民を束ねる浅草弾左衛門《あさくさだんざえもん》の、身分引き上げの件である。この正月の鳥羽伏見《とばふしみ》戦で、弾左衛門は銃隊を率い、幕軍として戦った。

その論功行賞《ろんこうこうしょう》で、幹部数人を幕臣に取り立てることになったのだ。

「その処理をつつがなく出来るのは、おぬししかおらん。すぐにも取り掛かってほしい」

昨年の暮れも押し詰まって、老中を凌ぐ勢いの小栗上野介に呼び出され、折り入って〝北町奉行〟への就任を頼まれたのだ。

（なぜこの病み上がりの自分が……）

と驚いたが、分からないでもなかった。

かつて箱館奉行だったころ、蝦夷の先住民族アイヌのため、職を賭《と》して戦ったことがあった。あれは箱館に赴任して何年めだったか。

イギリス領事館の館員が、アイヌの墳墓《ふんぼ》を荒らして十三体の人骨を盗み出すという、途方もない事件が持ち上がった。アイヌ人から怒りの訴えを聞いた小出は、その実態をつぶさに調べ上げ、イギリス領事ワイスとの膝詰め談判に入った。

しょせん田舎奉行と侮《あなど》ったイギリス側は、揉み消してしまおうとしたが、若い小出は、盗んだ人骨の返還を要求して一歩も引かない。

想定外の抵抗に遭ったイギリス側は、人骨は海に捨てたと弁解したり、アイヌへの慰謝料を申し出たり……ありとあらゆる策を弄《ろう》した。

だが小出は頑《がん》として聞かない。結局、小出が睨んだとおり、ワイス自身が盗掘《とうくつ》に関わっていたことが明白となり、ワイスはイギリス外務省から免官処分となったのである。

凄腕《すごうで》と評される英国公使パークスからも、謝罪を引き出した。あの時の評判が、今回の難題解決に期待されたのかもしれなかった。

そんな一方で、町方から続々と運ばれる訴状が、未読のまま机の上に積み上がっていく。聞くところでは、奉行職は、音に聞く激務だった。

これまでの歴代奉行は、一日に二十〜四十件の訴状を処理しており、あらゆる役職の中でも、最も忙しいのだと。

小出が今、頼りにするのは、この平間安兵衛《やすべえ》なる勤勉な与力だった。

奉行の激務を熟知しており、力を秘めたガッチリした身の丈を駆使して、多くの仕事を黙々と片づける有能な役人だった。

（徳川の終焉《しゅうえん》はもう迫っている）

小出はそう見ている。

と同時に、あのイギリス領事と戦った体力が今はないのも、心得ていた。ギリギリまで妥協しない気力も、今はどうだろう。

昨年、欧州より帰って見舞われた病魔から、完全には脱していないのだ。すぐ勘定奉行を命じられたが、体調が追いつかず、自ら辞任した。

そして今度の人事にも、不安に襲われることがある。何の成果も上げられぬまま自分は、〝最後の町奉行〟としてのみ名を残すのか。

「そこそこにお裁きくだされば……」

と与力からは言われるが、この訴状の山にこそ江戸の現実があろう。

各訴状についての与力の説明を聞きながら、これだけの事件を未解決のまま残せば、江戸は今後どうなってしまうのか。そんなあらぬことを考えると、気が遠くなりそうだ。

「そういえば、お奉行、今日たまたま会津の者が所用で参ったので、少し話す機会がございました」

平間は小出の疲労を察して手短かに訴状の説明を終えると、ほっとしたように自ら茶を淹《い》れて出し、世間話に転じた。

「前将軍への、会津藩士の怒りは凄まじいものでございますな」

「うむ、会津は君臣《くんしん》一体だからな」

小出は短く応じ、茶を啜って思いを会津に向けた。

最近、登城すれば、会津藩の噂話を聞かぬ日はない。

鳥羽伏見の戦の後、慶喜《よしのぶ》公は数人の将を引き連れて、開陽丸《かいようまる》で江戸に帰ってきた。

その中に会津藩主松平《まつだいら》容保《かたもり》がいたのである。

将軍の命《めい》に従っただけとはいえ、兵を見捨てての大坂脱出を容保は深く恥じ、三十三の若さで藩主の座を養子に譲るらしい、ともっぱらの噂である。

これまで会津は、京都守護職という貧乏くじを引き、徳川にさんざん奉仕させられてきた。真面目で一本気の容保は、藩士らの反対を押し切ってまで、徳川と運命を共にする道を選んだのだ。

だが徳川が薩長から〝朝敵《ちょうてき》〟とされれば、その先兵の会津は、真っ先に討伐《とうばつ》される立場になるのは目に見えている。

西郷らは、〝敵将の首を取らねば戦は終らぬ〟と豪語して譲らない。しかし慶喜が徹底恭順を表明している現在、〝朝敵〟の汚名《おめい》は、まずは会津に下りそうな気配だった。

そうなれば容保の首を要求してくるに違いなく、会津屋敷は今、戦々恐々としているのである。

「もしそうなれば、我ら、全面戦争も辞しません」

その藩士はそう気焔《きえん》を吐いて帰ったという。

ひとしきりそんな話をして与力が執務室から下がると、小出奉行は冷めたお茶を飲み干し、机に向かった。

今、内容を聞いたばかりの訴状を前に、茫漠《ぼうばく》たる思いに駆られる。

はてどれから始めよう。試しに手に取ってパラパラと目を通してみるが、どれも複雑そうで、最後まで読まずに戻してしまう。

それを繰り返すうち、ふと目に止まった案件があった。

会津藩の脱藩浪人が登場する案件だった。

（また会津か……）

と一度はやり過ごしたが、ふと読み直してみる気になった。

訴状を前に置き、〝会津藩の脱藩浪人〟の字を確かめる。

事件は五日前に品川で起こっていた。三十三になる会津脱藩の浪士《ろうし》柴田時次郎が、不意に斬りかかって来た男を、携帯していた短銃で撃って死なせたというものだ。

本人は〝無礼討〟として正当防衛を主張しているが、死体にはさらに不可解な刀《にん》傷《じょう》があって、疑わしい点が残る。

だが通り掛かりの者の犯行も視野に入れて捜査を進めると、その網に挙動不審の船頭が引っ掛かり、参考人として捕縛中という。

この者は柳橋の船宿『篠屋』の船頭だが、一昨年までは千住大橋辺りに屯《たむろ》する無宿人で、仲間内の喧嘩出入りで二度入牢の前科あり。

ザッと目を通したが、ありふれた事件だった。ただ最後に、柴田の所持していたという短銃の項に目が止まったのである。

それは米国コルト社の回転式短銃《リボルバー》だった。

「通称〝コルト51ネイビー〟」

とそこに書かれているのに目を留めた。この時、発射されたのは二発で、その一発が腕を貫通した、と説明書きにある。

小出は目を光らせ、腕を組んだ。若いころから開明的で、西洋の文物《ぶんぶつ》に憧れたためか昌平坂学問所《しょうへいざかがくもんじょ》で学ぶかたわら、旗本の子弟に武術を叩き込む講武所《こうぶしょ》に通い、そこで銃隊調練の教官の資格も得ていた。

当時から銃という〝魔物〟が好きで、その話になると人知れずワクワクした。今も軽い興奮を覚え、腕組みしてしばし黙考した。

〝米国製回転式短銃〟の説明書きに、ある鮮明な記憶が甦ったのである。

小出が外国掛の目付となったのは二十七の時――。

その前年に〝桜田門外《さくらだもんがい》の変〟が勃発していた。

そしてその翌年には、横濱生麦《よこはまなまむぎ》村で英国人が、薩摩藩士に斬られる〝生麦事件〟が起きて、江戸を騒然とさせている。

小出はその生麦事件に、新米ながら目付として関わった。

先方と会談があるたび、外国奉行津田正路《つだまさみち》のお供で、しばしば横濱に赴いた。その時の綿密な仕事ぶりが評価されて、その年のうちに箱館奉行に抜擢《ばってき》されたのだったが――。

それはともかく、神奈川奉行も加わる内輪の会食が当時は、よくあって、そんな折の雑談で、神奈川奉行が話したことが、今も強く記憶に残っている。

「井伊《いい》暗殺の黒幕は、生糸《きいと》貿易で財を築いた横濱の豪商だ」

というものだった。

その豪商とは、中居屋重兵衛《なかいやじゆうべえ》という有名な生糸商人である。

横濱開港が実行された安政《あんせい》六年には、すでに巨万の財をなしていて、市中の本町に豪勢な銅板葺きの店を構えたことで、幕府役人から御咎めを受けたほどという。

幕府には御用商人の三井家《みついけ》がいる。

富を独占させまいと、生糸の輸出を制限するなどの強い弾圧を受け、重兵衛は幕府、特に井伊大老とは敵対関係にあった。

その政治的立場からして、水戸浪士《ろうし》と親しんだ。

「そんな次第で中居屋は、水戸浪士の井伊暗殺の密謀に加担し、陰で絶大な経済的な支援をしたのです」

と神奈川奉行は自信ありげに言った。

暗殺決行に際しては、取引先の米国人ジャーディ・マセソン商会から、最新の短銃を二十挺ほど仕入れ、浪士らに進呈したという。

実際に桜田門外で事件があった時、合図に、銃の音が鳴り響いたのは有名である。

また井伊大老の遺骸の検死では、太腿から腰に抜ける貫通銃創《かんつうじゅうそう》があったと報告され、銃による襲撃が裏付けられている。

神奈川奉行は〝中居屋が銃を仕入れて浪士に配った〟という情報を掴んで、銃の行き先を追跡したらしい。

「重兵衛の周囲にいた浪士らは、二十人前後で、水戸がほとんど。あとは薩摩でした。ほぼ特定しましたが、二、三人は、消息が分からず……、それ以上は踏み込めないままになり……」

小出の記憶では、事件当時、銃について詳細は公表されなかった。

だが内部情報によれば、暗殺に使われたのは、俗称〝ペリーさんのピストル〟と呼ばれる銃と、同型だったという。

なぜそう呼ばれたかというと、ペリーが二度目に来航した時、最新式の短銃を、有力大名や数人の幕府重臣に献上した。それが〝コルト51ネイビー〟だったのである。

大老暗殺に使われた銃が、〝ペリーのピストル〟と同型だったとはどういうことなのか。

一説には、水戸藩の鉄砲鍛冶《かじ》が、銃を献上された水戸公の命《めい》で作った〝複製品〟という。

だが一方に、神奈川奉行から聞いた〝豪商が贈った銃〟という説があり、小出としては手触りのあるこちらを信じたい。

中居屋によって、銃は二十挺《ちょう》用意されたという。だが実際に襲撃した浪士は十八名。薩摩の有村次左衛門《ありむらじざえもん》以外は、全員水戸浪士だった。

(あと二挺はどうなった?)

何につけとことん突き詰める癖のある小出は、その時、そんな疑問を抱いたのだ。

中居屋重兵衛が、護身のため手元に残した?

だが重兵衛はこの時すでに齢《よわい》四十。若いころから銃の研究家としても知られていた。その知識を貿易に生かし、武器の輸入も手がけていたのである。そんな男なら護身用の銃などとうに入手していよう。

そうしたもろもろを小出は久しぶりに思い出し、冷えびえする奉行所の執務室に座して、改めてこう考えてみた。

(この柴田時次郎の所有していた銃は、大老暗殺に使われた銃、すなわちペリーのピストルと、と同型だ。もしかしたらその物か? 当時、その短銃を進呈されながら、待ち合わせの愛宕山《あたごやま》へ行かなかった者が、一人か二人いたとは考えられないか?)

そして、さらにこう推測する。

（少なくともその一人は会津浪人では？）

もちろん同型の短銃は世の中に幾らもあり、柴田の短銃が、中居屋経由のものとは限らない。またそうであれば、柴田は、桜田門外の事件前に、脱藩していなくてはならぬ。

さらに銃はたいそう高価なものであり、貧しい勤皇志士《きんのうしし》が自費で贖《あなが》うのは不可能に近い。あれやこれや考えて、報告書にある柴田の略歴を読み直したが、それはかなり曖昧《あいまい》で、〝会津藩脱藩〟については二十代半ばの江戸勤番の折……と記されているだけだ。

仮に問い詰めたとしても、いずれ真実は語るまい。

（この危急存亡の折、いま北町奉行として自分が為《な》すべきは、品川の古着商殺害事件の解決であろうか）

そう思いつつも、報告書を読み込んでいくと引き込まれ、小姓が行燈《あんどん》に火を入れに来るまで、暗くなっているのに気づかなかった。

小出奉行は平間を呼び、手にしていた訴状を見せて、この柴田時次郎が所持していた短銃を持ってくるよう命じた。

平間は、おやという顔をしつつも、速《すみ》やかに動いた。

保管されていた銃は、確かに筒の細い〝コルト51ネイビー〟だった。だが手には取らず、腕を組んだまましげしげと見つめる。

箱にずっしり沈んで冷ややかに黒光りする銃を、小出は目を輝かせて見入った。だがうかうか手には取らないのが、小出の銃に対する流儀だ。この武器にはどこか人を魅惑《みわく》し、狂わするものがある……と思うからだった。

「うむ、さすがよく出来た銃だな。ま、念のためだが、銃の入手先を調べておくように」

小出は言って、銃を下げるよう手で合図した。

「ちなみに、これは六連発だ。二発使ってここに弾が三発抜き出してある。あと一発は先に使ったということか」

「はい、そのように言っておりました。どうも口の固い男で、喋らすのが大変です」

「うむ……そこを喋らせないとな」

小さく頷いて、報告書から目を離した。

「それと、これから手紙を一通書くから、後で誰かに届けさせてくれ。相手は会津藩の山川大蔵《やまかわおおくら》だ」

「ああ、山川様なら、今はまだ和田倉門《わだくらもん》の藩邸におられましょう」

山川大蔵（浩《ひろし》）とは、松平容保の懐《ふところがたな》刀ともいうべき側近である。

一昨年、小出が〝遣露使節〟の正使としてロシアを訪れた際、使節団の一員として随行した藩士だった。

当時二十四歳。その有能ぶりを小出も見届け、一目《いちもく》置いている。今は儀礼的なやり取りしかないが、会津藩の若年寄として難局を乗り切ろうと苦闘する山川に、久しぶりに一筆認《したた》めてみる気になった。

手紙には、まず鳥羽伏見の戦いの労をねぎらう見舞いの言葉を記し、最後に、脱藩浪人柴田時次郎という者の経歴と消息を知りたい、とごくさりげなく問い合わせたのである。

「渡すだけでよい、返事には時間がかかるだろうから」

と書き上げてから平間に託し、また腕組みをして考え込んだ。

いま為すべきは、証拠もないまま投獄された若者を、救うことだと。

七

千吉は、品川の町の人混みをひょいひょいと縫っていた。

少しでも早く、目的の人物に会わなくてはならない。

気が逸《はや》るまま、柳橋を飛び出そうとして磯次に止められ、今日は荷を背負って目立たぬ商人姿になっている。

慎重に動かなければ、やり直しはきかないのだ。

昨日、差し入れを口実に伝馬牢を訪ね、顔見知りの牢役人に一朱銀《いっしゅぎん》を握らせて、まんまと竜太に会うことが出来た。とはいえ一朱銀では、物陰でほんの束の間会わせてもらうだけだったが。

照れたように笑っている竜太の顔はいつもの馬面《うまづら》がさらに細くなり、頰にざっくり擦り傷があって、唇は紫色に腫れ上がっていた。

「竜、手短かに言うぞ」

千吉は無駄なことは言わずに畳みかけた。

「およその話は聞いた。おいらは明日、品川に潜り込む。目撃者を探すつもりだが、どこへ行きゃいいか言ってくれ」

　すると竜太は頬を歪めて泣くように笑った。

「無駄だよ、兄貴。もう下手人に決まっちまったみたいだ」

「何を馬鹿なことを。しっかりしろって」

「だけどよ」

　品川の番所に一晩留め置かれた夜、竜太を見に来た女がいたという。

　杉乃屋のお杉で、木久蔵を殺した下手人を一目見たいと、十蔵に頼み込んで来たらしい。

　言葉は交わせなかったが、ほの暗い灯りの中に浮き上がったお杉の顔に、竜太はゾクリとした。細面の白い瓜実顔《うりざねがお》で、やや釣り上がったキツネ目が、妖艶《ようえん》な色気を湛《たた》えていた。

「お前がやったんだな、と言われたような気がしたよ。わしは確かに町の路地をうろついてたし、何かやったかもしんねえ」

「ばか、しっかりしろ！　おいらがついてる。どこに行きゃいいんだ、心当たりはないのか」

　品川には何度も行っているが、大抵は御殿山《ごてんやま》の花見か、荒神様《こうじんさま》の祭りである。盛り場には、とんと不案内だった。

「わしもあの町は、さっぱり分からんさ。ただ……」

首を傾《かし》げていた竜太は、頷いて舌先で唇を舐めた。

「一つだけ心当たりがある。本宿の海側にある、たしか〝花見亭〟という茶屋だ。そこのおタキさんて名の仲居に会ってくれ。岡っ引に絡《から》まれた時、助けてくれた年増の姐さんだ。あの人はいい人だ。事情を話せば、また何か助けてくれるかもしんねえ」

千吉はたった今、そのお滝に会って来たところだ。

花見亭はすぐに見つかり、入り口でお滝を呼んでもらうと、すぐに出て来た。千吉はその場で名前と身分を明かし、訪ねて来た事情を話した。

するとお滝は一瞬、その二重顎を引き締め、まじまじと強い視線を千吉に注いだ。

そして店内をちらと見回し、声を落とした。

「せっかくだけど、ここじゃだめ。この先の、稲荷《いなり》神社の横丁に〝日和庵《ひよりあん》〟て水茶屋があるの。そこで待っててておくれ。お滝の名を言えば、茶室に通してくれるから」

千吉が少し戸惑っていると、低い声で付け加えた。

「あたしもすぐ行くから。話したいことがあるの」

千吉は横丁に向かいながら、歩道に落ちている平たい石を三つばかり拾って、懐に入れるのも忘れない。

日和庵は、玄関土間に小上がりのある、普通の茶店だった。

だが奥に通されると、ひっそりした壺庭《つぼにわ》を囲む廊下に沿って、茶室らしい小座敷が幾つかあった。どうやら茶人が集まる店らしい。

手前の座敷に通され、その真ん中にある火鉢のそばに、千吉は畏《かしこ》まって座った。間もなく足音がして、あたふたとお滝が入ってきた。

「済まないね。ここはあの親分の縄張りじゃないんで、安心できるんだよ。ああ、帳場でお煎茶を頼んで来ちゃったけど、いいわね」

と一気に言い、返事も聞かずに火鉢を挟んで向かい合った。

「……あんたのお仲間、たちの悪い岡っ引に摑まったもんだね」

あの十蔵親分は〝店改め〟と称して、よく店の手入れにやって来るという。女中に身を売らせる違法行為を、摘発《てきはつ》するためだ。

「おひねり目当ての、汚い手だ」

「親分さんを、よく知っていなさるんで？」

「そりゃ、あたしが十八で品川に来てから、ずっとこの辺を根城にしてるんだもの。

もう二十年たつわ。ああ、ちょっと一服させて」

言いながら、長煙管《ながきせる》に莨《たばこ》を詰め始めた。

そこへ小柄な尼姿の老女が入って来て、親しげに会釈し、茶と饅頭を載せた盆を置いて、そっと出て行った。

「あのお方がここのおかみなの。この奥の秋仙寺《しゅうせんじ》のご遠縁で、茶人でね……で、千吉っつあん、目撃者を探してるって？　事件のこと、もう少し詳しく聞かせておくれな」

千吉は頷いて、手短かに話した。

杉乃屋の用心棒の柴田時次郎が、出入りの古着商人木久蔵に刀で襲われ、所持していた銃で撃って、店に駆け込んで来たと。

死んじゃいないから医者に運んでくれと頼まれ、皆で現場に戻ってみると、木久蔵は首を斬られて臨終状態だった。

時次郎がそばを離れた時、たまたま通りかかった者が手を下したかと考えて、十蔵親分が捜査したところ、品川に木久蔵を運んで来た柳橋の船頭竜太が引っかかった……。

「あり得ねえ話ですが、放っときゃ、そのまま下手人にされそうなんで」

「ああ、それで目撃者探しね」

お滝は頷いて、音を立てて一気に茶を啜った。放心した表情で莨に火をつけ、吸い込んで煙をゆっくり吐き出した。

「事件のあった現場って、杉乃屋の横の杉林から、海べりに下った辺りでしょ？」

煙管を火鉢の五徳《ごとく》にぽんぽんと叩きつけて言う。

「目撃者なんかいそうにない所よね。ただ、あの辺りには、夜鷹《よたか》の姐さんがチラホラ出没するんだから」

「へえ？」

「日が暮れりゃ、フラフラと店から出て来る酔っ払いがいるから、それが目当てなんだ」

「それはいいこと聞きました」

「ええ、あの杉乃屋のおかみ、お杉さんていうんだけど、いい女でね。いつもそこらの大店の旦那がたと浮名《うきな》を流してる。でもあの姐さんらには優しくて、評判がいいの。あの辺りでお商売してもお杉さんだけは、他の店のように追っ払ったりしない。これを言っちゃ何だけど……あのおかみ、若い時分は土蔵相模にいたんだよ」

「……いわゆる飯盛女で？」

土蔵相模は、千吉でも知っている。

そこで働いていたお杉が、大森の海苔屋の大旦那に落籍《ひか》されて、杉乃屋のおかみに収まったというのだ。

「運が良かったのね。病気しちゃって働けなくなった女郎《じょろう》は、夜鷹になるしかない。それをよくご承知なのさ」

お滝は莨をゆっくり吸って言った。なかなか〝話したいこと〟には行き着かない。

「するってえと。つまり、その姐さんを捉まえろってことで?」

「おミヤって女郎《ひと》がいたんだ。最近まではね……」

お滝は冷めたお茶を啜って、また強い視線で千吉を見た。

「でも今朝のことだけど、夜明け前に、品川湊《みなと》の御台場近くに浮いてたって」

「ええっ?」

「釣り舟が見つけたんだ。昨夜酔っ払って落ちたんだろうって……」

話したかったのはこれだったか、と千吉は唇を嚙んだ。

八

「でもねえ、夜鷹の姐さんが海に浮かんだって、この辺じゃあまり珍しくないの。だからあんたの話聞くまで、驚かなかったんだけどさ」

　お滝は口元を歪めて笑った。

「話を聞いて、初めて気がついた。おミヤさん、もしかして何か見たんじゃないかって」

「……懐に、木久蔵の財布でもあったんで？」

「さあ、詳しいことは分からない。あの親分さんの縄張りだし、噂は何も聞こえてこないから」

「一つ、伺っていいすか」

　千吉は意気込んだ。これで〝証人〟が消えてしまったのなら、竜太に合わせる顔がなくなる。

「柴田時次郎って人、用心棒やってたんなら腕が立つでしょ。そんな男に斬りかかった木久蔵って、どんな人なのか……」

「ああ、木久さんて、腰の低い人でねえ。口もうまいから、この辺じゃよく古着が売れてたんだよ」

「柴田様とはどんな関係で？」

「それは知らないけど。柴田様はお杉さんのコレ……」

と指を立てて、声を潜めた。

「噂じゃ、木久さんの恋仇《こいがたき》……。知ってるのはそのくらいね。でもお杉さん、浮名の男はたくさんいるけど、本命はあの柴田様一人なの」

「………」

「でも、大旦那が亡くなってから、あの人を亭主にしようとしたけど、だめ。自分は杉乃屋の用心棒でいいって。どこかの寺に間借りしてて、貧乏なくせに、給金以外は受け取らないってんだから、無口で無欲で、つくづく変わった人だよね」

「そのおかみに、会えませんかね」

「あ、無理〳〵。あの事件で、すっかり参ってるみたいよ。柴田様の疑いも晴れなくて、伝馬牢とかに監禁されてるそうでね」

二重顎を揺するようにして、自分の言葉に頷いた。

「そうですか。ともかく、今から現場に行ってみますよ」

腕組みをして考え込んでいた千吉は、思いつめたように顔を上げた。

「そうね、日の落ちる前に見ておいた方がいい」

その時、襖の向こうから低い声がした。

「あのう、お滝さん……」

という声は、どうやらさっきのあのほっそりと縮んだ老女らしい。

「ちょっとよろしい？」

とするすると襖が開き、先ほどの老尼僧が膝でにじり入ってきた。

「あの、これからあの場所へ行かれるんでしょう？　いえ、立ち聞きしてた訳じゃございませんよ。お茶のお代わりをお持ちして、つい耳に入ってしまい……」

とその皺の多い顔を、品よく笑み崩して言う。千吉の目には八十くらいに見えるが、どこか華やいだ色気があった。

「いい案内人をご紹介したいんですよ。ええ、近くの漁師町に住んでる子で、あの辺りから魚を売りにやって来るんです。よかったら使ってやってくださいな」

「あ、あの子ね。いい子を思い出してくださった！」

とお滝は嬉しそうな声を上げ、こう説明した。

この先の目黒川沿いに、漁師町という町がある。

その町の漁師一家の子で、数え十五の賢い少年だった。毎朝、沖で取れた上物《じょうもの》の生魚を、この界隈の料亭や旅籠に届けに来る。

時には干し魚や海苔《のり》を背負い籠に入れて、町を売り歩くのだと。

その時、玄関の方から、ピーと指笛が聞こえた。

「ほら、もう来てます。あの子、いつも玄関先で指笛で合図するんですよ、ほほほ。呼びましょうかね」

と老女はお滝と頷きあい、振り向いて手を叩いた。するとややあって真っ黒に日焼けした少年が、襖から顔だけを出した。

「こちら奉行所のお役人さん。あの事件の場所に行きなさるんで、案内してあげておくれ」

老女の言葉に、少年は敏捷《びんしょう》そうな全身を現した。

くたびれたつぎはぎの小袖と半切りの小袴。髪を無造作に縄で束ね、日焼けした丸顔は汚いが、目だけが澄んでいる。いかにも魚を売り歩いている子らしい、逞《たくま》しい姿だった。

「おいら、千吉っていう。下っ端だけど、よろしく頼む」

「おら、虹丸《にじまる》」

と少年はぶっきらぼうに名乗った。

この後、虹丸が少し席を外した時、老女はこんな話をしてくれた。

あの子は生後間もなく、漁師町の海べりに捨てられていたのを、近くに住む漁師に拾われ、育てられたと。その日、沖合に大きな虹が出ていたので、虹丸と呼ばれて育ったのだと。

「虹丸か……」

頷いてそう言ったとたん、千吉はふと閃いた。

（この子を使おう）

「その虹丸と、ここで少し打ち合わせしていいですか？」

「どうぞごゆっくり。お滝さんが、沢山置いて行ってくださったから」

え？　と、気がついて見回すと、いつの間にか姿が消えている。店があるから、先に帰ったのだろう。

「ああ、気にしないで。お滝さん、力になりたいんですよ。若い時分、約束したお相手がいたのに、あの親分さんの出入りで斬られたんですから」

（そうだったのか）

と事情が少し飲み込め、気が引き締まる。

千吉は肩に背負って来た籠から、綾が書いてくれた引札《ちらし》を出した。

この引札をこの子に託し、夜鷹の姐さんに配ってみようと思いたったのだ。

そこにはこう書かれている。

〝古着商が殺された事件で、知っていることがあれば、お知らせください。それが役に立ったら、銀二十枚を差し上げます〟

綾が女中部屋にこもって、ひらがな主体で二十枚を墨で書き上げ、

「これ、誰かが見てくれれば、何かの役に立つから」

と、無理やり渡されたものである。

そこには、呼びかけ人の名と連絡先がどこにも書かれていない。これでは誰にも信用されるはずがない。篠屋では、誰も勧めなかったが、綾の好意を無下《むげ》にも断れず、背負い籠の中に放り込んで来た。

今ここへ来てそれを思い出したのは、〝目撃者探し〟が雲を摑むようなものだと、身に迫って分かったからだ。この町では十蔵親分があちこちに手下を配置して、目を光らせている。おミヤについて何か知っていても、口にする者などいないだろう。

そう考えた時、不意にあの引札が浮かんだ。

この無口で敏捷そうな虹丸に、これを託したらどうだろうか。

こっそり何か問う者が現れたら、自分は〝北町奉行下っ引の千吉〟と答えればいい。これを使うしかない、と腹を括《くく》った。

千吉はそれを座敷に広げて、虹丸に見せた。

「これから現場に案内してもらうが、そこに姐さんたちがいたら話を聞きたい。そしてこの引札を渡してほしいんだ」

「………」

だが虹丸は黙って引札を見ている。読めないのである。千吉はさりげなくそれを読み上げ、事情を包み隠さずに説明した。

自分は役人とはいえ、十蔵親分とは何の関係もない。それどころか自分の仲間が、親分によって古着商殺しの罪を着せられ、伝馬牢に送られたから、真相を調べに来たこと。

そして木久蔵が殺されたのは、きれいな姐さん達が夜な夜な立って、客を引いている場所だ。その一人のおミヤが、今朝、海に浮かんだらしいと。

「ただ、そこに、もし変な奴が現れたら、すぐ逃げろ。いいな。別々に、おいらを放って、違う方向に逃げるんだ。そうなったら、次にいつ会えるか分かんねえから、今から渡しておく」

と二分銀を握らして声を低めた。

「狙いはただ一つ、事件の目撃者を見つけることだ」

九

人混みの町へと出た時は、日が暮れかけていた。

西南の空に、細い、消え入りそうな三日月がかかっている。頭上をカラスが騒がしく鳴きながら、二羽、三羽と茜《あかね》色の空へ飛んでいく。

二人とも背負い籠を背負っていて、虹丸が敏捷に先に立つことが多かったが、人の列が途切れると、自分から肩を並べて話しかけてきた。

「おじさん、さっきのきれいな姐さんて、夜鷹のことだろ」

今まで一言も発しなかった虹丸の、訳知りな言葉に、千吉は何となくぎょっとした。

もっと子供だと思っていたのだ。

「まあ、そうだ。ただし、〝おじさん〟はやめてよ」

「なんて言えばいい」

「千吉でいい、千って呼ぶ人もいる」

賑やかな盛り場を抜けると、虹丸は先に立って横丁を幾つか抜けた。

杉乃屋は町の外れのやや高台にあって、海の景色や松林を背景にして、なかなか風《ふう》光明媚《こうめいび》な場所である。

千吉は庭の前に立って、そっと中を覗いてみた。

見たところ小体《こてい》な料亭だが、本館には二階があったし、一階には渡り廊下でつながれた離れがある。どこにも灯りが華やかに溢れ、ざわめいて、思ったより繁盛しているようだ。

その時、横の方から出て来た庭番らしい男が、

「お客さんすか」

と声をかけてきた。

千吉は手を振って、その正門から遠ざかる。ゆるやかな坂を下ると、海沿いの松林の中を抜ける道に出た。その辺りが現場だった。

千吉はまだ暮れなずむ日の光が残る中で、虹丸に地理を訊きながら、辺りの風景を手早く描きとっていく。

「千さん」

と虹丸がまた声をかけてきた。

「姐さんたちは林の奥に隠れてるから、呼んでもいいかい」

「え？　呼ぶって、どうやって呼ぶの？」

千吉が半信半疑で言うと、虹丸は辺りを見回し、誰の姿もないのを見てピーッと指笛を吹いた。

ややあって、もう薄暗い林の中に、白いものがちらついた。

ゆっくり近づいてきたのは、黒っぽく見える着物に白帯をし、頭から白手拭いを被り、茣蓙《ござ》を小脇に抱えた小柄な女だった。

千吉はハッと身構えた。柳原や、深川でたまに見かけるだけで、夜鷹と言われる女たちと口を利《き》いたことはないのだ。

虹丸がそばに近づいて行き、何か身振り手振りで喋っていたが、振り返って、手を振って招く。

千吉がそばに近寄って行くと、女はしゃがれた声で言った。

「ミヤさんのことを訊きたいって？　たいして役に立てそうもないけど、何でも訊いておくれ」

手拭いの下から覗く顔は、濃くなった夕闇の中でもひときわ白い。

「有難うよ」

千吉は言い、まずは懐から一分銀を出して渡した。

「一つ訊かせてくれ、おミヤさんは本当に酔ってたのかい」

すると笑い声が低く聞こえ、濃い甘い香りが、鼻先に漂った。

「この辺じゃ何でも、酔っぱらいにされちゃうのさ。でもミヤさんは酒を呑めないよ。身体壊して、呑めなくなったの」

「ふーん。何か〝見た〟と言ってなかった？」

女は少し考えていたが、首を振った。

「番所の親分さんがこの辺りを回って、同じことをしつこく聞いてった。ミヤさんは、狙われたんだよ」

「狙われたって、誰に？」

女は首を振り、それ以上は知らないと言った。

「よく教えてくれた。おいら、その親分とは関係ない、北町奉行所の千吉って者だ、何か聞いたら知らせてほしい。皆にも、この引札を見せてくれよ」

とチラシを何枚か、渡した。女はそれを引ったくると、逃げるように暗い林の奥へ消えて行った。

辺りはもう暗くなっていて、あの淡い細い三日月が、金色に輝き出している。

千吉は夜目はきく方だが、念のため龕灯を手にしていた。しばらく無言で歩いたが、途中で誰とも出会わない。

夜、この道を通りかかる者はほとんどいないのだが、深夜や早朝ここを通る者らを、虹丸は驚くほどよく覚えていた。

その虹丸の意見に従い、橋のそばや、林の中の掘っ立て小屋を訪ねては、暗がりの中にいる誰ともしれぬ者に引札を渡し、自分の名を言った。

「ほれ、川の向こうに明かりが見えるだろ。漁師町だよ」

すっかり闇に包まれた稲荷社の前で、虹丸が言った。

前ばかり見ていた目を横に向けると、黒々と流れる目黒川《めぐろがわ》の向こうに、チラチラと灯りがまたたいている。

「おら、あそこに住んでるんだが、逃げる時、千さんはどう逃げる?」

「弁天崎《べんてんざき》だ。地図で見ると確かこの三日月の方向だと思うが」

と夜空を仰いで答えた。五つ(八時)の鐘が鳴ってから深夜まで、その船着場に品川の船頭が待機してくれるよう、磯次が手はずを整えてくれたのだ。

「ああ、お台場《だいば》だね。この目黒川に沿ってまっすぐ行けばいい」

と虹丸は手で示し、ここからの近道を教えてくれた。

「とすれば、おらは山の方へ逃げる」

「よし、千は海、虹は山だな」

「千は海、虹は山ね。ところで気ィついてる？　誰か後ろをつけて来る」

囁くように言われて、背筋に震えが走った。そっとこの一本道を振り返ったが、闇で誰の姿も見えない。

「足音がする。一人だけど、どうしよう」

「杉乃屋で足がついたかな。あそこから追ってきたんだろう」

千吉は龕灯を消し、真っ暗闇の中で、懐の石を握りしめた。

「大丈夫だ、おいら、石飛礫《いしつぶて》なら暗い中でも自信がある。だが相手が二人じゃ無理だけど。お前は、何が出来る？」

「……ん？」

と虹丸は少し怯《ひる》み、

「耳がいいのと、指笛で仲間を呼べる」

言って、人差し指と親指を口に当ててみせた。その指笛がなかなかいい音色を出すことは、もうすでに知っている。

「シッ、千さん、隠れよう……」

虹丸の合図で、千吉は先に立って稲荷社の庭に入り込み、枯れ草の陰に身を潜《ひそ》めた。

足音は近づいてくるが、灯りはない。

ふと首を傾げた虹丸は、指を口元にあてがうや、ピーと指笛を吹いた。するとピーとすぐに返って来た。

「なーんだ、松さん、どうしたんだよ？」

虹丸は飛び出して、驚いたように声をかけた。

「や、虹丸、こんな所にいたか」

松さんと呼ばれた男は、手に持った白い紙を振った。

「どうしたもこうしたもねえ。今しがたおイネのやつが、これを持って駆け込んで来たんだ」

おイネとは、千吉の話を聞いた先ほどの女らしい。

「あ、千さん、この人は松作《しょうさく》という。毎朝、たくさん魚を卸《おろ》してくれる人だ」

松作は年増《としま》のおミヤとは〝いい仲〟で、四つ年下の虹丸とは遊び仲間という

ともあれ三人は、暗い稲荷社の庭に入り、物陰で龕灯を囲んでしゃがんだ。湿った

枯れ草の匂いに噎《む》せ返った。

「あんたが千吉っつあんか。これ読んだよ。おミヤのことは何でも喋るから、コレ、持って帰ってくんな。おれは預かっただけで、中は見ちゃいねえんだ」

千吉はハッと目をみはった。ポンと枯葉の上に放り出したのは、紺色の刺子《さしこ》の財布だった。藍色の木綿地に白い糸で、縁起のいい熨斗《のし》目模様が刺してある。

「おミヤは誰かからこれをもらい、おれに預けたのさ。海に浮かんだのは、その翌日だ。今日は朝から、変な男がうちの周りをうろついてて、気味が悪くてたまらん。これは返すよ。謝礼もいらん。その代わり、おミヤの仇《かたき》を取ってくれ。おミヤは何かを見たに違いねえ、それで口封じされたんだ」

「分かった、松さん。悪いようにしねえから、安心して喋ってくれ」

と千吉は相手を落ち着かせて、言った。

「おれはこの海で生きてきた男だ。生まれた時から親はいなかったが、虹丸みてえな仲間がいる。この暮らしを壊されたくねえから、あまり大っぴらにはしてくれるな」

「よし、分かった。まずは聞こう」

松作は、おミヤから聞いたことを話した。

その話が終わりかけたころ、また遠くに足音が聞こえてきたのである。耳をすますと、五、六人はいる。

「おれは、尾《つ》けられてたのか?」

松作は這いつくばって暗闇を透かし見、愕然《がくぜん》としたように言った。

「途中でたぶん応援を呼んだんだよ。あ、それを消さないで」

虹丸が言い、千吉が消そうとした龕灯を引き取って、稲荷社の裏手を指差した。

「松さん、あの辺にまだ古い池があったっけ? 昔、落ち葉に覆われてたんで間違えて、落ちたことがある」

「ああ、あの古池ね。誰も掃除しねえから、今も落ち葉がびっちり浮いてるよ」

「夜目《よめ》じゃ、地続きに見えるよね。連中をあそこに誘い込むから、二人ともついて来てよ」

「どうやって行く」

「普通に池を回って行くだけだよ、さあ早く」

自ら龕灯で足元を照らしながら、虹丸が走りだし、半信半疑でその後に二人が続いた。

池を回って、ちょうど稲荷社の真裏に出た時、庭に駆け込んでくる足音がした。千吉らがいるのを確信していて、迷わず入ってくる。

その一人が龕灯で庭を照らしながら、社《やしろ》の裏まで駆け寄ってきた。それに呼応するように、こちらから虹丸が龕灯を動かした。

「おっ、そこにいやがる！ 小僧ども、神妙に出て来やがれ！」

先頭の男が叫び、刀を振り回して猛然と走ってくる。その後に何人か続いてきた

……はずだったが、夜気《やき》が乱れた。

「ワッ、な、な、何だ、こりゃア……」

相次いで悲鳴が上がる。足下に地面が無く、虚空《こくう》を摑みながら、二、三人がズブズブと池に沈んだ。

虹丸が高く掲げた龕灯の灯りで、千吉は、溺れる男に狙いを定め連発で石飛礫を投げた。次々と命中した。

「イテッ、何しやがるんだ、こん畜生！」

池に嵌《は》まった仲間を助けようとする男らにも、石飛礫が襲った。一発、また一発

……。

「や、やめれ、このくそガキどもが！」

闇が揺れた。喚《わめ》く男が手にしていた龕灯に石が命中し、固い音を響かせて吹き飛んだ。池に落ちる音がした。

池は闇に呑み込まれて静まり、バラバラと逃げ出す黒い影が見えた。ふうっ、と虹丸が吐息をつき、千吉を見た。その目は夜目にも輝いていて、悪戯《いたずら》っぽく笑ったようだ。

「よし今だ！　松さん、財布は任せてくれ。虹丸、あばよ」

千吉の声が飛んだ。

すでに走りかけた虹丸が、ふと振り向いた。

「今度会ったら、兄貴と呼んでいいかい？」

「会えたらな。今はしっかり逃げろ」

「うん、千は海、虹は山だね」

二人は思わず笑い、それを合図に走りだす。

三人の足音は別々に散った。

千吉は、闇の中をひたすら海の方角へ走った。

十

二日後、小出大和守はいつもより早めに下城した。

近くとはいえ雨の中を奉行所まで駆けると、ずぶ濡れに近かった。

だが昨夜も遅くまで訴状を吟味しており、今日こそは腰を据えて疑問点を平間と同心の藤枝《ふじえだ》に投げ、結論を出したいと考えたのだ。

着替えをすませるのを見計らって、小姓が茶を運んで来る。

それに続いて平間がキシキシと袴の音を立ててやって来て、廊下に片膝立ちでしゃがんだ。

「お奉行、今報告を聞いたばかりですが、例の品川の件で、亥之吉組の者が〝証人〟を探し出したとのことです」

「ほう」

濃い眉が動いた。

「下っ引の千吉が、現場付近で懸賞金付き引札を配ったところ、早速にも近くの漁師が名乗り出たと」

「懸賞金……？」

「いえ、それはどうやら千吉の勇み足らしいのですが、幸いにも、その漁師は賞金を辞退したそうです。亥之吉はまだあちらにおります、呼びましょうか？」

「おお、まだおるか。亥之吉にはちと頼みたいこともある」

「はっ、ではただ今すぐに呼んで参ります」

平間の足音は遠ざかった。

小出が茶を二、三口啜る間に、足音は戻って来た。後に続いて来た二人はそれぞれ、声を上げて名乗り、所定の場所に座る。

小出は機嫌よく迎え、平たい文机《ふづくえ》の向こうに座った与力と同心、そしてその背後に控える亥之吉を見た。

箱館奉行所のころがふと思い浮かんだ。

決して広くはない奉行所の執務室に、いつも大勢の役人が詰め掛けて、強い訛りが飛び交った。寒い夜は裏の屋敷で囲炉裏《いろり》を囲んだものだ。今は、こんな時でもなければ、岡っ引と顔を合わす機会も少ない。

この部署に来て、藤枝と会うのは数えるほど、亥之吉は初めてだ。

藤枝同心の色白な秀才顔を見た時、若いころの自分を見るような気がした。ただ、いかにも抜け目なさそうでいて、実際はどこか抜けておっとりしている様《さま》が、小出には好ましい。

元服《げんぷく》前に、小出家に養子に入った自分と違って、この旗本家の御曹司《おんぞうし》は、呑気《のんき》に育った育ちの良さを身につけている。新時代になれば、幕臣は追われるだろう。こうした優秀な若者を、小出は日本の将来のために惜しんだ。

その後ろに、黒く日焼けした顔を俯けた亥之吉が、古参の親分らしくぴたりと畏まっていた。

「今日はご苦労だった」

と小出は労《ねぎら》ってから、机の上の書状を手にして言った。

「話を聞く前に、先に伝えておこう。例の会津の山川大蔵から、えらく丁寧な返事が届いた」

問い合わせを受けた山川大蔵は、労いの言葉に謝し、この脱藩浪人について、部下に調べさせたのである。

それによると――。

柴田時次郎の脱藩は、文久《ぶんきゅう》二年（一八六二）に遡《さかのぼ》る。

会津が幕府から〝京都守護職〟への就任を命じられ、容保が上洛《じょうらく》した時のこと。

この事態に、家老の西郷頼母《さいごうたのも》が真っ向から反対し、家老職を解かれた。

藩は炎上し、反発して脱藩する者が出た。柴田はその一人だった。その後は江戸へ流れ、尊攘《そんじょう》浪士の元へ身を寄せて機を窺っていたらしい。

だが今年に入り、藩が〝朝敵〟とされる不穏な雲行きになるや、藩への復帰を願う浪士からの嘆願書が、江戸藩邸へ続々と届き始めた。

その中に柴田からの書状もあり、会津藩士の面目《めんぼく》を見せたのだ。

「藩旗の下、〝会津葵《あおい》〟に殉《じゅん》じたく候《そうろう》につき、復帰を乞《こ》い奉《たてまつ》る」

今こそ藩旗の下に馳《は》せ参じ、藩と運命を共にしたいから、復帰を認めて欲しいと。

「だが柴田の復帰は、まだ未定のようだな。こんな事件に巻き込まれていては、その結果を見るしかないだろう」

「これはまた……」

と平間は感心したように言った。

「今、取り込み中の藩にしては、冷淡ですな」

「いや、これは謎かけだよ。柴田の一件をよろしく頼むと……」

と小出は、笑った。

残念ながら内心、柴田の主張する〝無礼討〟は怪しいと考えているのだ。

そもそも武士が、町人に襲われて、理由も問わずいきなり銃で応じるとは、過剰防衛ではないか？

職分として武を鍛える武士が、武力を許されぬ町人と、対等な命のやり取りはおかしい。たとえ相手が武器を持っていても、原則、素手《すで》で応じて対等ではないか、とさえ小出は考えている。

「ところで、例の銃のことだが」

小出は気になっていることを口にした。あの銃については平間が、柴田に吟味《ぎんみ》し、その結果はすでに奉行に報告してあった。

それによると――。

「あの銃は少し前に薩摩に帰った友人から、記念にもらったもの」

と柴田は答えたという。

だがこれに対しても、小出奉行は疑っている。

「いや、それはこの事件の本筋とは関係ないが、気になってならん」

そう断って、こう続けた。

柴田が脱藩して江戸に出たのは、文久二年という。であれば、その二年前に起こった〝桜田門外の変〟とは、まず無関係である。

「一方、この被害者である木久蔵だが……」

小出は、書類に見入りながら首を傾げた。

「この者は信州《しんしゅう》生まれとあり、安政《あんせい》五年（一八五八）ごろに江戸に出て、古着商人になったと書かれておる。だがたぶん、生国《しょうごく》は会津だろう」

「と申されますと……？」

平間が不審げな声を上げた。

「ここに、以前〝くなんしょ〟の木久さんと呼ばれていたとある。それは私が箱館にいたころ、よく耳にした言葉でな」

津軽《つがる》海峡を渡ってきた会津商人が、〝会津の桐下駄《きりげた》、買ってくなんしょ〟など売り歩いていたのが、唄のように耳に残っている。

「ははあ。会津弁で」

「むろん、周囲の藩でも、使われているかもしれんが。柴田はこの木久蔵について、〝深くは知らん〟と述べている。一方で、木久蔵に襲われた理由を問われ、金銭のイザコザだと答えておる」

小出は書類を指で示し、続けた。

「どうやら木久蔵は、古着屋とは別に、金貸しもやっていたようだ。柴田は江戸に出てから五年近く杉乃屋の用心棒をし、出入りの〝くなんしょ〟の木久さんから金を借りていた。そんな木久蔵を、〝よく知らぬ〟はなかろう」

「ごもっともで」

「もう一つある。用心棒であれば、当然ながら、柴田は剣の腕に自信があろう。そんな達人に、町人の木久蔵が、なぜ道中差しなどで斬りかかったのか？」

「あっ、申し遅れました。聞くところでは、木久蔵は、前は武士だったそうです。人を斬って信州を出たので、見つかって藩に通報されれば、すぐにも処刑される。それで身を隠し町人になったと……」

「ほう、武士崩れか。なるほど。二人が同郷であっても、それを大っぴらに公言できぬ理由が、そこにあったわけだ」

「どうもそのようですな」

「浪人になった柴田が、先輩の木久蔵を頼って品川を訪ね、杉乃屋の用心棒の稼ぎ口を紹介された。……そう見ると無理がない」

「柴田は、町人としてそこそこ成功していた木久蔵から金を借り、博打《ばくち》で返していたそうですよ。お杉からは、用心棒の給金しか受け取らないのだそうで」

「これは律儀者《りちぎもの》だな」

と小出はやんわり苦笑した。

「片や〝小金は出来たが世を憚《はばか》る男〟、片や〝料亭おかみの情人《いろ》となった男〟……二人の間に何があったのか」

「柴田を少し締め上げますか」

「いや、あの者は喋るまい。そこで、ちと考えた……」

と小出は少し間《ま》を置いてから、思い切ったように言った。

「柴田の持っていた銃は、或いは、木久蔵のものではないのか？」

「えっ……」

この言葉に一同は沈黙した。

柴田より何年か前に脱藩し浪人となった木久蔵が、その後にこの銃を入手したとすれば、どのように？

その謎がこの事件を解く鍵だ、と小出は思った。

もちろん生糸商人中居屋重兵衛からの贈り物、という証拠はどこにもない。ただ〝コルト51〟とは、一八五一年製造コルトの意味。桜田門外の事件（一八六〇）のころには、日本では最新鋭の銃だったはずだ。

脱藩して貧しい浪人となっていた木久蔵が、なぜそんな高級な新兵器を入手出来たか。そこが大きな問題だ。

小出の想像では、木久蔵はただの浪人ではなく、攘夷浪士だったのではないか。この品川には、志士や浪士が多く屯《たむろ》していた。

過激な水戸浪士と意気投合し、共に襲撃する志士として、名誉の銃を渡されたのかもしれぬ。だが土壇場《どたんば》になって、何らかの事情でその晴れの舞台を放棄した。以後は人目を避け、行商人に身をやつして、ここまで生きてきた――。

小出がこの銃を巡って、そんな〝妄想〟を抱くに至ったのも、〝ペリーさんのピストル〟の魔力かもしれなかった。

「いずれにせよ、木久蔵が柴田に切りつけた背景には、金銭のイザコザだけではすまぬ事情があるはずだ。そこで杉乃屋のおかみにも、ぜひ訊きたいことがある」

「ああ、お杉には、明日の出頭命令を出してあります」

「おお、そうだったな。平間、その吟味は私がするから、そのつもりでおれ」

「心得ました。実はそのつもりで、お奉行が下城される時刻に、お白州《しらす》を決めてございます」

「それは重畳《ちょうじょう》」

行灯の灯りが隙間風に揺らいだ。

「さて、遅くなったが、そちらの話を聞かせもらおうか」

十一

平間はまず、下っ引千吉の、品川入りの経緯《いきさつ》を手短かに説明した。

亥之吉親分は千吉から品川入りの伺いを立てられ、縄張り荒らしと知りつつ、それを許した。地元の岡っ引十蔵の評判が、あまり芳《かんば》しくないのを聞き及んでいたからである。

千吉は引札を使って、事件を知る者は名乗り出てくれるよう呼びかけた。すると、それに応じて来た者がいた。松作という漁師で、夜鷹のおミヤとはかねてからの仲だった。

一人暮らしの松作は、大らかで気のいいおミヤを、女房にしてもいいと思うようになった。あの夜はその話をし、夜の商売をやめてくれ、と言うつもりで家を出たのだ。

だが途中でおミヤにばったり会った。

おミヤはいつもと違って、先に立って家に誘った。家といっても、板戸が壊れた潰れかかった廃屋で、板で囲って雨露をしのいでいる。

「松さん、お願いがあるんだよ。これしばらく預かっておくれ」

と中に入るや、男物の財布を渡された。ずっしりと重かった。

おミヤは酔っ払いの懐を探って土産にすることがあり、たまに松作もおこぼれに預かった。だがこんな大入りの財布は見たことがない。

「おれは、面倒は御免だ」

と疑わしげに言うと、おミヤはどこか得意げに、奇妙な笑い方をした。

「大丈夫。盗んだんじゃないんだから」

「拾ったのか？」

「盗んでなけりゃ、そうに決まってるでしょ」

「どこで？」

「…………」

おミヤは笑って答えず、珍しく呑めない酒をあおった。松作は何かしら嫌な予感がして、なお問い詰めると、

「大丈夫、運が向いてきたんだって。あんたさえ何も言わなけりゃ、それでいいの」

「…………」

「ただ、ちょっとの間だけ預かっててほしい」

と財布を松作の懐にねじ込むと、プイと自分の家を出て行ってしまった。それきり

帰ることはなかったのだ。

「漁師松作がおミヤから聞いた話とは、これで全てだそうです」

と平間が言った。

「だが松作は、翌日おミヤの死を知って、その財布を千吉に返しに来たのです。賞金も財布もいらんから、自分の名を出さんでほしいと」

「なるほど。とすれば、証言を公にしたくない松作がわざわざ名乗り出たのは、大方の予想はついていたのだろうな」

「自分も、そう考えます。背後にいる人間を、薄々気づいてたのではないですか」

「十蔵か」

「何とか手柄を上げたい十蔵は、初めから見込み違いを承知で、たまたま飛び込んできたヨソ者を挙げたと思われます。次に、このヨソ者が下手人であると証言する者が必要だった……」

「うむ」

「十蔵は、いつもあの辺で商売するおミヤに、手入れをちらつかせて、目撃証言をするよう強いた。だが思いがけなくも、女はそれを拒んだ。面倒になって、おミヤを事件の目撃者に仕立て、品川湊で溺死体となるよう仕組んだ。口を塞いでおけば、後で都合よく言い繕える。いつもと同じ手口を使ったのだと松作は思い、一矢報《いっし》いたかったのではないかと……」

「なるほど」

と小出は頷き、目を挙げた。

「ともあれ財布を取り戻したのは、千吉の手柄だった。こう見てみると、残る問題は一つ、おミヤ、おミヤだな」

「おミヤは、何かを見たのでしょう」

「さて、その辺だが、ここで亥之吉にちと頼みたい事がある」

「へい、何なりと……」

後ろの方から声がした。

小出は一時、外の気配に耳を済ますように、声を途切らせた。雨戸を打つ雨音が高くなったようだ。

「雨は夜半《やはん》で上がるそうだが、どうかな」

天候を気遣うように呟き、目を挙げて奥の亥之吉に話しかけた。

「実はそなたに、品川に飛び、検《あらた》めて来てほしいことが二つある」

これから？　と言いたげに平間が視線を向けたが、小出は構わず二つのことを頼んで、付け加えた。

「実は少し急ぐ。明日の八つ（午後二時）ごろまでに戻れるか」

「へい」

と亥之吉は即座に答えた。

「品川は若ェ時分《わけ》に遊んだことがあり、手下もおりますでな」

「うむ、そうか」

小出は言葉数少なに頷いたが、満足な答えだったらしい。

「頼んだぞ」

と口元を綻《ほころ》ばせ、その夜の評定を終えた。

十二

「その方、杉乃屋のおかみ〝杉〟に相違ないな」

濡れ縁に座った藤枝同心の、よく通る声が響いた。

「はい、杉乃屋の杉に相違ございません」

すぐ下のお白州で、お杉は平伏した。

柔らかい浅紫色の鮫小紋《さめこもん》の袷《あわせ》に、三つ紋の黒羽織という略礼装で、色里のおかみらしいしなやかさである。

よく通る声だが、少し震えているようだった。

三十少し手前だろうか。ゆるりとしたつぶし島田が、色白の瓜実顔《うりざね》を引き立て、吊り上がり気味の切れ長な目は色気を湛《たた》えていた。

「今日は木久蔵について、少し聞きたいことがある」

と濡れ縁より一段高い座敷から、張りのあるやや硬質な声が降ってきた。お奉行様の声である。

座敷のへりには、お奉行様が、そのやや右手後方に、平間与力が控えていた。濡れ縁に近いお白州には、お杉、やや離れて亥之吉がいた。

「故人は、杉乃屋出入りの商人だったというが、生国はどこか？」

「はい、信州信濃《しなの》の飯田《いいだ》と本人は申しておりました」

「こちらの調べでは会津だが……？」

「はい、噂には聞いたことがございますが、本人は信州と申しておりましたので」

「なぜ本人は生国を偽ったか？」

「以前は武士だったという話がございます。人を斬って、追われての脱藩だったとかで、身元を隠したかったのかもしれません」

「藩に身元が知れると、罪を問われるわけだな」

小出は頷き、扇子を片手で弄んだ。

「しかし道中差しで剣の達人に斬りかかったとは、腕に自信があったからかの」

「…………」

それまで淀《よど》みなく答えていたお杉は、急に俯《うつむ》いて首を傾げた。

「木久蔵が、柴田様より強いなんてことはございません。何か揉《も》め事でもあってカッとなったのでは……」

「揉め事とは？ 木久蔵は柴田に金を貸していたそうだ。何があったのか」

「いえ、詳しいことは……」

しつこく繰り出される小出の問いに、お杉は混乱している。

「逆に柴田ほどの剣の達人が、木久蔵ごときに、なぜ銃を使ったのか？ もしかして銃を持っていたのは、木久蔵だったとは考えられぬか」

「えっ、どうしてでございます？」

「実は今朝いま一度、現場を検めさせたのだ。すると、柴田が立っていた背後の松の木に、一発命中している弾が発見された。柴田が撃てる場所でないとすれば、木久蔵が撃ったとしか思えん」

「ど、どういうことでございます？　木久蔵が柴田様を撃つなんて」

お杉の声が引きつり、乱れた。

「殺す気など、あろうはずがございません」

「殺意があろうとなかろうと、銃は人を殺す武器だ。木久蔵がそれを柴田に向けて撃ったなら、殺そうとしたと考えるしかない」

「…………」

「木久蔵は一発めを撃ち損じたため、柴田はその隙に飛びかかって、銃を奪った。木久蔵は慌てて自分の脇差を抜いて振りかぶったので、柴田は銃で、急所を外して腕を撃った」

「そんな……」

「私の妄想《もうそう》だと？　だが、あながちそうでもないのだ」

言って小出は、懐から布に包んだ物を出した。

亥之吉親分が、少し前に品川から持ち帰ったばかりの、一発の弾である。報告書では、〝撃った弾は二発〟という柴田の供述と、十蔵親分が現場で採取した弾二発は一致していた。

だが六連発の銃には、弾が三個しか残っていない。

柴田の言い分としては、前に試し撃ちで使ったという。

そこに特に問題はない。小出もまた自分の銃で試し撃ちしたことは、何度かあったのだ。ただ、その銃を持って出かける時は、使った弾を必ず補充して、六発完備の状態にしたものだ。

そんな微《かす》かな違和感から、亥之吉にもう一度、検めさせたのである。

亥之吉は現場に赴き、早朝の光の中で綿密に調べた。その結果、松の木に食い込んでいる一発を発見した。

それはコルト51の口径と一致したが、柴田が立っていたと思える地点より背後で、どう見ても柴田自身が撃てる場所ではなかったと。

「この一発は、柴田ではあり得ない。木久蔵が立って腕を延ばして撃ち、逸《そ》れたものと考えるしかないが……」

と小出奉行は言った。

「銃声は聞こえなかったのか?」

「いえ、聞いておりません。あの夜はお客様が多くて忙しく、音曲《おんぎょく》も入っていて、誰も気がつかなかったようでございます」

そう答えてからお杉は、上目使いになって空を見上げた。

十三

夕空には、細い三日月が西の空に消え入りそうにかかっている。

一瞬、あの日のことに思いを馳《は》せたお杉に、

「お杉、そなたは木久蔵が銃を所持していたのを知らなかったのか？」

と小出の声が飛んだ。

「はい、銃のことは聞いたことがございません」

小出の目が光り、すかさず質問が飛ぶ。

「そのほう、木久蔵と、どんな関係にあったのか？」

一瞬お杉はたじろいだが、はっきり答えた。

「杉乃屋のおかみと、出入りの古着商の関係でございます」

「今はそうだろうが、その前は？　今の店は万延《まんえん》元年の秋に開いたそうだが、それ以前のことを訊いておる」

「……品川の旅籠で働いておりまして、そこのお客でした」

観念したように、お杉は言った。

「その旅籠とは？」

「相模屋でございます」

「土蔵相模だな？」

座に軽いざわめきが走った。

土蔵相模といえば、長州《ちょうしゅう》の高杉晋作《たかすぎしんさく》や、薩摩藩や土佐《とさ》藩の錚々《そうそう》たる志士が入り浸っていた妓楼で知られる。

またこの旅籠は、過激な尊皇攘夷派の水戸浪士の根城でもあった。

小出奉行の調査の限りでは、三月三日の桜田門外の変の前夜、志《こころざし》を秘めた水戸浪士らの一行十七名が土蔵相模に泊まり、この世で最後の宴《うたげ》を催している。

翌朝の集合場所は愛宕山《あたごやま》。品川と桜田門を結ぶ線の、ちょうど真ん中である。集まったのは、薩摩藩士一名が加わって、総勢十八名。

木久蔵がもしそこに向かったら、十九名になったのではなかったか。

(木久蔵の人生を狂わせたのは、この女か)

そんな確信に近い目で、小出はお杉を見つめた。

「ところで、もう一つ訊きたい」

小出が合図すると、平間が、盆の上に財布を載せて差し出した。

「この財布に見覚えはないか。事件の夜、現場付近でこの財布を拾ったと言う者がおる」

お杉は美しい頬を引きつらせ、身を震わせた。

「だ、誰でございますか、それは」

「女郎のおミヤが、現場でこれを拾ったと。偶然、近くで出会った漁師に預けたらしいが、その後、死体となって海に浮かんだため、その漁師が届け出た」

「…………」

「お杉、この財布に見覚えないか」

高い小出の声に、お杉はお白州から目を上げた。軽い眩暈《めまい》を覚えたものか、しばし目を浮かせた。

「木久蔵がよく持ち歩いておりました」

「しかしこの通り、この財布は汚れていない。身体に一発でも弾を受ければ、傷口を押さえて、手は血みどろになろう。木久蔵は撃たれてから、自分の手で触れてはおらぬ。ではおミヤが、懐を探って財布を出したか……。もしおミヤが、木久蔵の首を斬ったのであれば、財布に血痕《けっこん》がついていそうなもの……。首を斬った者が他にいたのでは？」

「………」

「拾っただけと本人も言っていたそうだ。もう一人誰かがいたのか」

お杉には、その声が遠く響いた。

あれから、何日たつのだろう。まだ木久蔵が生きていて、時次郎がまだお杉の手の届くところにいたあの日から──。

「あんた、行かないでおくれ……」

あの前夜、半身を露わにしたお杉は、一つ床に横たわる柴田の背中を背後から抱きしめていた。肌が触れると、今しがたの甘い余韻《よいん》がぶり返す。

「行ったらあんたは帰ってこない。死にに行く気でしょ」

「………」

「会津で死ぬのは、犬死ってもんよ。もうすぐ世の中変わるんだもの。しばらく物騒《ぶっそう》だからお店は閉めて、温泉にでも行かない？……ねえ、聞いてんの？」

「……少し、寝かしてくれ」

「行かないって約束するまで、寝かせない。どうしてそんなに、会津がいいの、どこその綺麗なお姫さんでも待ってるわけ？」

「お杉、いい加減にしないか。分かってるだろう、お前がいなけりゃ、おれは生きられなかったと。望むなら、すぐに祝言《しゅうげん》を挙げてもいいんだ。ただ、今はどうしても会津に帰らねばならん」

「帰らせない、絶対帰らせない」

　お杉は、相手の肩に歯を立てた。

　古着屋の木久蔵を店に呼んだのは、その翌朝である。

「あの日、誰も銃声を聞かなかったというが、調べでは、そなたは奥の離れの客にかかりきっていたという。だが距離からして聞こえたのではないか？」

　非情な小出の声が響いた。

　地図で見る限り、杉乃屋と、事件現場の距離は結構ある。店の正門から現場までは、塀をぐるりと回って、林を下りなければならぬ。

　だが庭の裏手からならかなり近い。庭から林へ出られる出口はないのか、と疑問を抱きこの日、亥之吉に調べてもらったのだ。

するとと庭の裏手に小さな裏木戸があるのを、突き止めた。門番に身分を明かして心付けを弾むと、〝わけあり〟の扉だと教えてくれた。時次郎が泊まるのはこの離れで、裏木戸から出入りしていたと。

ただこの夜はお客がたて混んで、この離れにも客を入れていた。

あの夕方、お杉がその離れに詰めていたなら、パンパン……という銃声は聞こえたはずである。

すぐその裏口から飛び出したとすれば、現場は坂のすぐ下だ。

事件に遭遇した時次郎が、坂を上がって、塀をぐるりと回って正門まで来る時間に、裏木戸から現場まで往復するくらいは出来ただろう。

裏木戸からの走っての往復と、正門まで塀を回って来るのにかかる時間は、同じくらいだったことまで、亥之吉は確かめて来た。

「そなたは、普段は客を入れない離れに客を入れ、その接客に乗じて、何かを待っていたのではないか」

「ああ、もうおやめくださいまし！　もう結構でございます」

突然、お杉は悲鳴のような金切り声を上げた。

「何もかも話しますから、どうかもうお許しくださいまし。ええ、たしかに銃声は聞こえました。でも銃なんて思いもよらず、驚いて飛び出したのでございます……」

銃声は最初に一発、少しおいて二発。驚きを隠してさりげなく座敷を出て、裏木戸から坂の下まで走ると、薄闇の底に誰か倒れている。

「誰？　き、木久さん？」

驚いて立ちすくむお杉に気づくと、木久蔵は投げ出した右手の先を動かした。少し離れた枯葉の上に刀が転がっていた。

「た、たのむ……その刀で介錯《かいしゃく》を……」

息たえだえに訴える木久蔵に、

「あんた、話が違うじゃないか！」

とお杉は叫びたてた。倒れているのは、時次郎のはずだ。

「あねさ、すまねえ、しくじった。ひと思いに耳の下を斬ってくれ……」

「時さんはどうしたの！」

「助けを呼びに店に行った、戻ってくるまでに死なしてくれ」

その言葉に、狂気のようにお杉は刀を握りしめた。

あの一徹な時次郎様のこと、正門に飛び込んで門番に助けを求める気だろう。急がなくちゃ、自分が危ない。

「あねさ、たのむ……懐に財布がある……」

木久蔵は喘ぎながら、息絶えだえに言う。

お杉はカッと血の上った頭で考えた。この人はもう助からない。言われた通り介《かい》錯《しゃく》し、財布を抜いて、物盗りの仕業《しわざ》に見せかけるのだ。

だが、木久蔵に縋《すが》りつくようにその場にしゃがんだ時、背後に強い視線を感じた。ぎくっとして振り向くと、そばの木の下に誰かが立っていて、慌てて逃げ出そうとする。おミヤではないか。

「お待ち、おミヤ！　頼みがある」

お杉の頭にようやく血が巡り、とっさに呼び止めた。振り向くおミヤに、木久蔵の懐を指さした。

「その財布を持ってお行き。誰にも言っちゃいけないよ」

言われた通りおミヤが財布を持って立ち去ると、しゃっきりした。刀を持ち直し、耳の下に刃を当てて夢中で引いた。

十四

予想外の告白に、小出は沈黙した。するとそばにいた平間が、思わずのように少し身を乗り出して、言った。

「すると、すべてはそなたの指図《さしず》か？」

「ああ、とんでもございません！　木久蔵に、柴田を襲わせたのは私でございますが。でも、殺してくれなんて頼んじゃいませんよ。ちょっと痛めつけて、少しの間、出歩けないようにしておくれと……。木久さんも、道中刀で背中に一太刀浴びせると申していて、まさか銃を使うなんて……」

お杉は声を震わせた。

「話は飛ぶが、桜田門外の事件の前夜、木久蔵はどこにいた。土蔵相模に宿泊し、そなたと一夜を明かしたのではないか？」

と小出が話を引き取った。

「いえ、そんなことは……。あの夜は、大勢様がお泊まりで取り込んでおりまして」

「その大勢様の一部は、水戸浪士だったのだが、木久蔵もその宴に加わっていたのではないか」

「存じません……」

「翌朝はどこにいた？」

「何をお聞きになりたいのです？　あの事件についてお調べなら、木久さんは無実でございますよ。ああ、今、思い出しました。そういえばあの朝あの人は、私の部屋におりました。そして言ったんです。今日から自分は武士を捨てると……」

悲鳴のように言うお杉を、小出はじっと見つめる。その目にありありと浮かぶのは、女に恋着《れんちゃく》する余り大望《たいもう》を捨てた木久蔵の狂気の姿だ。

〝いつか〟のために秘蔵していた銃を持ち出し、殺す気で柴田を撃ったのであろう。

これから誇り高い会津藩士として本懐《ほんかい》を遂げるであろう柴田が、妬《ねた》ましかったのだ。

それ以上に、自分を狂わせたこの女が、柴田を引き止めようと狂奔《きようほん》する姿は、見たくないものだったろう。

柴田を撃ち殺してから、自分も死ぬつもりだったが、あまりに思いが強すぎて、力《りき》み、手が震え、的《まと》を外《はず》してしまった。

だがもし思い通りに柴田を一発で仕留めたら、その足で杉乃屋に乗り込み、お杉を撃ち抜いたか？　最後は自分をも撃ったか？

一瞬、そんな妄想の渦に巻き込まれ、小出は瞑目《めいもく》した。この銃がなければ、結末は違っていただろう。すべては〝ペリーさんのピストル〟が招いたことだと。

もう一つ、柴田を吟味し、突き止めたいことがある。

正直に訴えれば無礼討は認められるはずなのに、なぜ、この短銃を我が物として届け出たり、一発目を秘し、二発だけを申告したのか。

小出は、柴田の胸中をこう読んでいた。

曰《いわ》くの銃を木久蔵所有と届けることで、この〝コルト51〟を、陽の目に晒《さら》したくなかったのだと。小出自身が追跡したように、誰かがまた暴《あば》くだろう。これは大老暗殺の秘命を託された、血を招《よ》ぶ銃であると。

その決死隊から落ちこぼれ、秘命を全う出来なかった木久蔵の無念を、柴田は闇に葬りたかったのでは。

激動の中をここまで生きられたのは、総《すべ》てを捨てて町人となった先輩のおかげだった。この後は会津戦争に加わり、大恩ある先輩の名誉に関わることは、いっさい飲み込んで死ぬ覚悟だったのだ。

吟味が終わって一人になった小出は、ふと庭に出て、夕闇に沈む椿の花にしばし見入っていた。これで柴田の口を割らせることが出来ると考えながら。

それから数日後、時次郎、お杉、竜太がこのお白州に呼び出され、小出奉行からお裁きが下された。

杉乃屋の女主人お杉については、柴田時次郎の傷害を唆《そそのか》した罪で、財産没収の上、江戸十里四方追放の所払いのこと。

柴田時次郎が木久蔵を撃った一件については、無礼討を認め、無罪。ただ偽りの供述をした罪で一月《ひとつき》の禁錮《きんこ》を申しつけるところ、木久蔵の名誉のためだったことを考慮し、情状酌量となった。

岡っ引の十蔵は、抜け荷を許していた別件で拘束されているが、確かな証拠もなしに船頭を捕らえた罪で、処分は吟味中である。

船頭竜太は無罪放免。

なお銃については、奉行所預かりとなった。

篠屋の者たちはいいお裁きだったと喜び、竜太が帰宅した日は、皆が笑顔と拍手で迎えた。だが頭《かしら》の磯次だけは苦い顔をしており、竜太がその前に立って詫びを言おうとすると、

「挨拶はいらん。ここに立って、奥歯を嚙みしめろ」

と命じ、竜太は激烈な一発を脳天に見舞われたのである。

小出奉行は、小栗上野介より命じられた任務を無事に終えて、慶応四年二月十六日に北町奉行を辞した。

第二話　江戸の穴

一

慶応四年が明けてまだ日の浅いその日、未明から雨になった。

音もしない柔らかな雨だったが、朝になって強まった北風に煽《あお》られ、時折ザザッと思いがけない強い音をたてて、軒端《のきば》に吹き寄せる。

「これじゃ舟は難しそうねえ。今日はやめとこうかな」

玄関前で空を見上げている船頭の磯次に、おかみのお廉が帳場《ちょうば》から声をかけた。

お廉は、十日ほど前に腰を痛めて動けなくなった。

やっと床《とこ》を出て歩けるようになってから、午前の暇な時間を利用し、御厩河岸《おうまやがし》の接骨院まで舟で通《かよ》っている。

だが最初の激痛が引くと、通院がそろそろ億劫《おっくう》になってきたようだ。

「いや、大丈夫……」

と呟《つぶや》きながら、磯次が雨粒を払いながら玄関に入ってきた。

「こんな風を、ここらじゃサガとかサガッポとか言ってね、気まぐれに北西から吹いてくる強風だ。日がな続く突風じゃねえんで、昼を過ぎりゃ凪《な》いで来ますよ」

「あ、そう。天気見の磯さんの予想なら、間違いなしね」

お廉は休むわけにはいかなくなって、苦笑した。

「じゃ昼過ぎにしましょうか」

「それがいいです。風が凪いだら、御厩河岸まで送りますよ。休まず通って、早く良くなってくだせえ」

「……てえと、帰りは何時頃になりますか」

話を聞いていた番頭の甚八が口を挟《はさ》んだ。これまで、帰りは、河岸まで甚八が迎えに行っていたのである。

だがよく繁盛《はんじょう》している接骨院だし、昼過ぎの通院は初めてなので、帰りの時間が予測出来ないのだ。

「そうねえ甚さん待たせても気の毒だし、帰りは駕籠《かご》にするわ」

肉付きのいいお廉は、駕籠を窮屈がってあまり好まない。胸がムカムカするの頭が痛くなるのと、あれこれ訴えて滅多《めった》に乗らないのだ。

だが実際は、接骨院からは駕籠の方が早い。

御蔵前《おくらまえ》通りを真っすぐ南に下って来るだけで、四半刻《しはんとき》（三十分）もかからず篠屋の前まで来てしまう。

「ええ、駕籠にします。……とすれば誰が来られる？」

乗り物は決まったが、誰が付き添うかでまた揉《も》めた。

午前中は誰かしら付き添えるが、午後からは店が始まるので女中達は出られない。

すると急に綾が名乗り出た。

「あ、今日は私が行きます。猿屋町《さるやちょう》まで用があるのを忘れてました」

猿屋町は御蔵近くにある札差《ふださし》の多い町で、明日までにその札差会所まで行かねばならぬ用事があったのだ。

付き添いかたがた、途中まで舟で行けたら有り難いと思った。

整骨院は、河岸から御蔵前通りを北に進んだ諏訪町《すわちょう》にあり、そこまでお廉を送ったあとに、猿屋町まで行き、用事を済ませて迎えに行けば、日暮れ前のちょうどいい時間だろう。

……というわけで綾が付き添うことになった。おかみの外出が一騒動なのは、この日に限らず、いつものこと。

早い昼食を終えると、お孝がおかみの支度を手伝い、あたふたと綾とお廉は舟上の人となった。

名倉堂《なぐらどう》に到着したのは八《や》つ（二時）を少し過ぎたころ。

煎《せん》じ薬の匂いが漂う男女二部屋に分かれた待部屋《まちべや》に、すでに二十人近くの待ち客が溢れていた。

名倉堂接骨院は、〝骨接《ほねつ》ぎ〟の名倉として、江戸市中に名の響く名門だった。

そもそもは篠屋の主人富五郎の、子どものころからのかかりつけの医院だった。富五郎はやんちゃな時代の脱臼《だつきゆう》、骨折から、加齢による肩凝り、腰痛までここのお世話になってきたのだ。

今はお廉や奉公人らも、何かあればここに送り込まれる。

人気があるから、接骨院はいつも混んでいた。

ただお廉の治療は、すでに院長の手を離れ、吉田流《よしだりゆう》女按摩《あんま》師のお辰《たつ》さんが担当していた。吉田流とは、晴眼《せいがん》（目明き）の按摩術である。

六畳ほどの女性待部屋には、五、六人が待っていた。

綾は帳場で治療を申し込み、座敷の一角にお廉の場所を確保すると、浴衣《ゆかた》に着替えるのを手伝って言った。

「ではおかみさん、私はちょっと出かけてきます。万一、治療が先に終わることがあっても、ここで待っててくださいね」

「腰痛持ちが、どこに行けるもんか」

とお廉は言う。いつもは化粧が濃く、荒くれの船頭らを叱り飛ばす気丈《きじょう》さに満ちているが、今日は化粧が薄いせいだろう、心なし気弱そうに見える。

玄関に向かう廊下の途中で、綾はふと足を止めた。

男性待部屋の前を通り過ぎようとして、中のざわつく声が耳に止まったのである。

「……昨夜、花川戸《はなかわど》の旗本屋敷が襲われたらしいぞ」

「へえ、また例の賊か？」

衝立《ついたて》の多い女性の待部屋と違って、男部屋は開放的で丸見えだった。

廊下側の戸も、奥の治療室との境の戸も開けっ放し。まるで野戦病院のように荒々しい治療光景が、目に飛び込んでくる。

半裸で横たわる患者が医師に手を捻《ひね》りあげられていたり、うつ伏せの患者の背中を、医師が足で踏みつけていたり……。

何かと生々《なまなま》しいので、綾は急ぎ足で通り過ぎようとしたのだが、

「朝まで誰も気がつかねえうち、五百両が消えてたそうだ」

の声が耳に入って、ふと立ち止まる。

「人死《ひとじに》には出なかったのか」

「出ないところが、あの賊らしい」

などの声に、少し胸をくすぐられた。半年ほど前から人々を騒がせ、評判になっている義賊《ぎぞく》が、また現れたという。

鳥羽伏見《とばふしみ》の戦いに負けて、敗軍の将たる公方《くぼう》様や旧幕軍の傷病兵《しょうびょうへい》が続々と帰還してきて、江戸は騒がしかった。

世間には、いずれ戦《いくさ》が始まるという噂が飛んでいた。

いち早く家や店を畳んで下総市川《しもうさいちかわ》や、行徳《ぎょうとく》や、鎌倉《かまくら》などに避難する人々がいる一方、一旦は在に逃げたものの、帰って来る人々がいて、江戸はまたいつもの江戸の顔になっている。

賊にとっては、そんな照ったり降ったりの落ち着かぬ雲行きこそ、絶好の泥棒日和《びより》

に違いない。

もっとも今の江戸で押込強盗など、さほど珍しくはない。だがこの賊は、少しばかり趣《おもむき》が違っているので、綾もハラハラしながら人並みに噂を追っていたのだ。

ともかく賊の全貌《ぜんぼう》がよく分からない。

複数らしいが、一人のことも多い。

襲われる大半は、誰もが貧窮《ひんきゅう》している中でぼろ儲けして一人勝ちの豪商や、利権を活用して私腹を肥やす旗本などである。

花川戸の旗本屋敷のようなところで、静かに目立たず金を奪い、何やら警告めいたことを書き残す。

被害者が黙っていればバレそうにない事件でも、襲われた屋敷の塀などに、一筆描《ひとふでが》きで描いたような桜の絵を貼っていくので、否応《いやおう》なく人々の目を引き世間に知られた。

絵は大方《おおかた》、桜のひと枝をさらりと描いてある。

時には女の半裸の上半身や、立ち姿の素描《そびょう》だったりするが、それも桜の花の引き立て役で、なかなか絵の筋も良かったから、すぐに噂になってしまう。

ただ奪った金は、貧民のための施療院《せりょういん》や、災害時のお救い小屋などに寄付されることが多いとかで、〝義賊〟として評判になっていた。

だが義賊であれ、賊は賊。

「誰が、どんな理由でこんなことをしておるか」

「普段はどんな仕事についている男か」

などと人々は好奇心を煽《あお》られ、あれこれと憶測《おくそく》して楽しんだ。

賊の本職は売れない浮世絵師ではないか、とする説が多い。

また侵入や逃走時の軽業《かるわざ》的な身の軽さから推《お》して、とび職、もしくは火消しの集団ではないか……との説もあった。

さらに賊を目撃した者の中に、〝目が青かった〟と証言する者まで現れて、異人説までが飛び出したのだ。

二

「いやいや……」

と、大真面目に異人説を否定する記事が、瓦版《かわらばん》に載った。

「そもそも江戸に不案内な異人に、こんな芸当が出来るわけがなかろう。少なくとも首謀者《かしら》は江戸をよく知る江戸者《えどもん》に間違いない。だからこそ、桜に執着するのだ」

そのもっともらしさに、また反論が載った。

「異人だからこそ、日本の桜にこだわるのだ。連中は、日本人にはない特別の能力を発揮している」

そんなこんなで、日本人とも異人ともつかぬこの賊に、面白半分に妙なアダ名をつけた者がいたのだ。

フランスの流行小説の主人公〝エドモン・ダンテス〟をもじって、〝江戸者ダンテス〟と。

その流行小説とは『モンテ・クリスト伯』である。

フランスの小説は、日本ではほとんど読まれてはいなかったが、当節の江戸には、それがさほど突飛《とっぴ》に聞こえない背景があった。

昨年には、幕府に招かれたお雇いフランス人十九名が、海の向こうから渡って来て、話題となっていた。

シャノワーヌ大尉を団長とする、軍事教練の教官である〝フランス軍事顧問団〟だ。

フランス人達は横濱《よこはま》を基地とし、幕府陸軍の伝習隊《でんしゅうたい》に、大砲や銃を使っての近代戦争のための手ほどきをした。年末には、一行は江戸の神田《かんだ》に引っ越して来ており、十二月の薩摩屋敷焼討事件では、このフランス部隊が活躍したとも言われる。

もしどこかでこの〝お雇《やと》い外国人〟に遭遇したら、遠い星から来た異人を見たような、物珍しさや反感や、恐怖や憧れを感じたに違いないだろう。

ちなみに『モンテ・クリスト伯』とは、二十年ほど前にフランスで出版された、アレキサンドル・デュマの作品で、物語は壮大な復讐譚《ふくしゅうたん》であった。

船乗りのエドモン・ダンテスは、何者かに陥れられ、無実の罪で監獄に十四年閉じ込められた。放り込まれたら最後、誰も出たことがないと恐れられるその牢から、ダンテスは奇跡の脱獄を果たす。

パリに戻って復讐鬼と化し、自分を嵌《は》め牢獄に追いやった者どもに次々と復讐していく……。

この小説は、現ナポレオン三世治下のフランスで大流行しており、盛んに読まれているという。

その内容を、在日中のフランス人から聞いたか、原本を入手して原文で読んだ者がいたかもしれない。おそらくそんな酔狂《すいきょう》で、駄洒落《だじゃれ》好きの文化人が、人気の主人公に語呂《ごろ》合わせし、江戸を騒がせる賊を〝江戸者ダンテス〟と名づけた可能性があった。

江戸に出現した義賊が有名になったのも、そのアダ名のお陰かもしれなかった。奉行所もそれなりに追ってはいたが、一向に捕まらないため、未だ真相は何も暴《あば》かれていない。

〝江戸者ダンテス〟の名がこの日の待部屋に充満していたのは、その賊がこの蔵前からほど近い町に出没したからだった。

接骨院での順番待ちに退屈したご隠居や裏店の職人らは、その格好の話題に飛びついた。勝手な想像を膨らませ、その正体を憶測する声が賑やかに飛びかっていた。


接骨院を出ると、心配していた雨も風もすでに収まっている。

綾は、人通りの多い御蔵前通りを南に向かい、蔵前猿屋町に向かって急いだ。

待部屋を出る前に、お廉が一朱銀を手に握らせてくれた。

「お茶でも飲んでおいでな」

の言葉に甘え、早く用事を済ませてどこかでお茶を飲もうと思う。

蔵前の行き先は、札差の家である。こんなご時世でも、屋根船を予約してくれるお客がまだいるのだった。

運河のそばに建つ豪勢なその家を出た時は、雲の切れ間から日が射していた。久しぶりに僅《わず》かな自由を手に入れたことで気が弾み、綾は浅草広小路《あさくさひろこうじ》の方へとぶらぶら歩きだす。

まだ時間はあるから、少し遠出をしてみようと思う。

東仲町《ひがしなかちょう》を抜けて広小路に向かっていると、遠雷《えんらい》のように太鼓の音が聞こえてきた。浅草寺《せんそうじ》でお祭りでもあるのかなと一瞬思ったが、これはお芝居の呼び込み太鼓だと気がついた。

旅芝居の一座が、浅草寺境内で興行しているのだろう。

そう思った時、過去にも似たようなことがあったっけと、ふと思い出したことがあった。

去年の秋祭りのころだったか。町を歩いていて、遠い太鼓に誘われて行ってみると、小屋掛けの宮地《みやち》芝居が、賑々しく始まろうとしているところだった。

綾はその日、いつもの使いを頼まれて湯島《ゆしま》まで出かけたのだったが、歩くうちに道ゆく人の噂話が耳に入ってくる。

近くの屋敷に昨夜、かの〝江戸者ダンテス〟が押し込んで、金を奪ったというのである。

しきりに耳をそばだてながら歩くうち、屋敷の塀に絵が描かれているとかで、人々がそれを見にやって来たのだと知った。

あの時も、どこかで太鼓の音が流れていた。湯島天神で芝居が興行されていて、あれはその呼び込み太鼓だったのだ。

芝居太鼓と江戸者ダンテス、何か関係あるのかな。

今、浅草寺に向かって歩きながら、綾はそんなことを考えた。

(もしかしてダンテスは、旅役者?)

そんな考えが、突然閃《ひらめ》いた。

(役者であれば、体を鍛えているから身が軽いだろう。一座には、絵筆を取って背景の絵を描く、絵師もいるはず。一座の中に隠れ、共に移動しているので、身元も割れにくい)

そんなことが次々に閃いて、胸がときめいた。

考えれば考えるほど、そうに違いないような気がしてくる。小屋まで行ってみようと気が急《せ》いて、思わず足を速めた。

広小路に出ると案《あん》の定《じょう》、沿道に色とりどりの幟《のぼり》がはためき、江戸文字で染め抜いた〝仲村吉右衛門《なかむらきちえもん》〟など、一字違いで間違えそうな名が、鮮やかに目に飛び込んでくる。

境内で、参詣客《さんけいきゃく》の雑踏に揉まれながらも、太鼓の音が導いてくれる。

小屋前の看板に貼り出された演目は、『天竺徳兵衛《てんじくとくべえ》』と『色深川恋中島《いろもふかがわこいのおくのて》』。

もちろん観ている時間などないが、小屋の入口にいる木戸番に話しかけ、今その役者が出ているかどうか訊いてみる。

「へえ、只今、舞台で大立ち廻りの真っ最中でさ。今から、一幕見も出来ますよ。さあ入った入った……」

綾は考えるふりをして再び看板の前に立ち、役者の名を記憶する。

その時だった。

「……名倉堂にいた篠屋さんだね」

という声がどこからか聞こえたのである。

綾は飛び上がった。

声のした方に視線を向けると、少し離れた木の下の縁台に、一人の座頭《ざとう》が座っており、杖に顎を乗せてこちらを見ている。

いや、見てはいない。座頭だから目は開けていないのだが、突き出た額の下に窪《くぼ》んだ眼窩《がんか》は、たしかにこちらに向けられていた。

年のころはよく見分けがつかないが、四十から五十くらいだろうか。ゴツゴツと起伏の多い、長い顔だった。

「あら、どうしてお分かりですか？」

思わず綾は声を上げた。

名倉堂でこの人に会った覚えはないし、どこかで誰かの印象に残るほど自分は目立つふるまいをしていない。何より、相手は座頭である。

「ははは……ごもっともで」

座頭は渋い声で笑ったが、表情は動かない。

「声ですよ。あたしゃ、目でなく耳で見るんでね」

「………」

「あんたは、帳場で申し込みしていなすったでしょ。あの時あたしは、奥の控え室におったんです」

あっと思った。

名倉堂で声を聞かれ、今また、木戸口で同じ綾の声を聞いて、それが一致したのだろう。へえ、と心底驚いた。

「じゃ、名倉堂のお抱えの……？」

「ま、そんなところかね」

と簡単に答えたが、あとで知った話では、この座頭は名倉堂の常雇《じょうやと》いではなく、基本的には客からのご指名で動く契約の座頭だった。

依頼主からの注文を名倉堂が仲介しており、頼まれてここで働く日もあるようだ。

この芝居小屋に来たのも、あらかじめ小屋側から名倉堂に注文があってのこと。この小屋からは連日の指名があるという。

「芝居がハネると、すぐにも手当しなけりゃならん役者がおるんです。連中の仕事はきつい。熱があっても怪我しても、舞台は休めないんでね」

「はあ」

綾は目を丸くして頷いた。役者について、そんなことを考えたこともない。もっとあれこれ訊きたかった。

「その役者さんて、あの菊之丞のことですか？」

と入口前に張り出されていた似顔絵を指さして訊くと、

「いや、今日は違うが……あんた、菊之丞が贔屓《ひいき》なんで？」

先ほどから看板の前に張り付いているので、何か感じたのだろう。

ええ、まあ……と曖昧《あいまい》に頷くと、

「席が取れないって話なら、わしが何とか出来ますよ」

「あっ、それはどうも。いえ、でもこれからまた、名倉堂まで人を迎えに行かなくちゃならないんです」

その時小屋の入り口に、先ほどの老木戸番が現れた。

「徳《とく》さん、そろそろ頼みまっせ」

「へい、只今」

と徳さんと呼ばれた座頭は、ゆっくり立ち上がった。

「私、篠屋の綾といいます。お心遣い有難うございます」

と、綾も立ち上がって頭を下げた。

「いや、久しぶりに若いきれいな女人と喋ったよ。ははは……」

徳さんは渋い声で笑った。

「わしは徳市《とくいち》、また名倉堂で……。おっと、篠屋と言いなすったね。あのおかみさんは、たまに見かけますよ。ちょっと伝えてほしい。もう少し痩せた方がいいとね」

三

その夜——。

下っ引の千吉は、珍しく早めに帰宅した。

皆より少し遅れて、晩飯の膳を用意し始めると、綾はお茶を出してやり、その前に座り込んだ。

義賊〝江戸者ダンテス〟は、旅芝居の役者ではないのか。

その思いつきに、綾はすっかり夢中になっていて、早速話してみたのである。その話を箸を休めてじっと聞いていた千吉は、

「ああ、綾さん、よく気がついたね」

と妙に落ち着いた声で言って、お茶を啜《すす》った。

「あら、なに、その言い方」

「いや、実はおいらもそれを考えて、調べてみたんだよ」

「へえ？」

意外な言葉に驚いて、綾は気の抜けたような声を出した。

「何を調べたわけ？」

「言うまでもない。ダンテスと一座の関係よ。ダンテスの事件が起こった日、一座はどこで興行していたか……。その辻褄《つじつま》が合わなきゃ、認められねえだろ。で、あれこれ調べた結果、結局、宮地芝居の役者じゃなさそうだってことになったのよ」

例えば未明に根津《ねづ》で事件があった日、一座は品川の寺の敷地で、朝から興行していた例があったという。

「明け方にどこぞの屋敷に押し込んで、大立ち廻りした者が、根津から品川まで戻っ

て、昼間からすぐに舞台に立ってまた大立ち廻りと早替りまでやってのけ……汗もかかずに贔屓筋に付き合ってる。そんなこたァ生身の人間には無理だよ。役者の仕事は、そう甘いもんじゃない」

「つまり、役者説は外《はず》れってわけね」

「ま、誰でも考えつくことだけどね。事件が築地《つきじ》で起こった日、一座は駿府《すんぷ》にいたこともあった。そんなこんなで、この旅一座が怪しいてな説は、絶ち消えになっちまった」

「そっか、外れか……」

綾はがっかりしたが、落胆《らくたん》を隠すように、わざと軽く言って立ち上がる。

「おい、千よ、その説を立てたのはお前かよ」

とその時、意地悪く割り込んで来たのは、少し離れて聞いていた船頭の六平太だった。

「あれ、六兄ィ、聞いてたの」

千吉は間《ま》の悪そうな顔になった。

「いや、いつだったか亥之吉親分と八丁堀《はっちょうぼり》で呑んでて、その話になったのさ、親分がそう言ったんだよ。で、じゃおいらが当たってみるか、てなことになったんだ」

「まあ、そんなとこだろうね」

六平太が言い、綾は肩をすくめて笑ってみせた。

「あーあ、ダンテスなんかどうでもいいわ。働かなくちゃ！」

とバタバタとその辺を片づけ、水を汲みに桶を持って外に出る。

激しい冷気に包まれ一瞬ブルリと震え上がったが、神田川の上に凍《い》てついて広がる星空が、何とも冴え冴えして美しかった。

綾がそこに立ちつくししばし見とれていると、

「綾さーん」

と奥で呼ぶおかみの声がした。

お廉は、あと二、三回で通院を止める、と言いだしたのだ。名倉堂に行くのが、綾には少し楽しみになった矢先である。

二十日近く経っても、腰の痛みはしつこく、まだ治ってはいない。

気の短いお廉は、ついに億劫《おっくう》になってしまった。

柳橋のこの辺りでも、地元の流しの按摩師が、一日置きくらいに笛を吹いて通り過ぎて行く。お廉はこれまで、その流しを部屋に呼んで揉みほぐしてもらっていた。

「今後はまたあちらに頼むから」

と言い、言い出したら聞かない。

今日で通院は終わりと決めたその日、なぜあんなに出かけるのが遅くなったのだったか。

その日、お廉は何かと忙しかった。

今日この町を去るという芸妓が、朝のうちに挨拶に来て、しばらく話し込んだ。正午からは、近くの料亭『花の井《はなのい》』で、柳橋のおかみさん連の軽い昼食会があった。

近々に江戸が戦場になるという噂が広まっていて、柳橋でも落ち着かなかった。そこで二十人近いおかみが集まって、気炎を上げたのだ。

終わる時間が予定より遅れ、磯次の舟で迎えに行った綾は待たされた。

名倉堂に送り届けたのは、八つ半（三時）近かった。

案の定、接骨院は患者でごった返していた。綾がその足で猿屋町まで出向き、用をすませて戻った時、お廉はまだ治療用の浴衣姿で、番を待ち続けていたのである。

ともあれようやくお廉が治療室に入り、上気した顔で出て来たのは、七つ半（五時）に近かった。それでなくても薄暗く長い院の廊下は、もう灯りが欲しいほどに夕闇が漂っていた。

甚八はこの夜、近所のご隠居の葬式に代理で出席するため、迎えに来れない。綾は、お廉が着替えている間に下足番《げそくばん》に頼み、門の外でよく客待ちしている駕籠を呼んでもらった。

ここら浅草蔵前を縄張りとする『江戸勘《えどかん》』が、この界隈で最も安心して頼める駕籠屋だった。名倉堂まで頻繁《ひんぱん》に客を運んできては、玄関前で待つ客を拾って、それぞれ散って行く。

おかげで名倉堂の門前には、いつも駕籠屋が客待ちしているのだ。

ところがこの日は、いつもより少し遅い時間のせいだろう。下足番が首を振って戻ってきて、待ち駕籠がいないと言った。

「あいにくでして。ひとっ走り、浅草まで呼びに行ってきますかね？」

と意気込んだ。駄賃《だちん》をもらえば、下足番の稼ぎになる。

「どうします、おかみさん」

と綾は待部屋まで戻って、お廉に相談した。

「もう遅いから、御厩河岸まで歩いて、舟で帰りませんか？」

江戸の町は昼は賑やかでも、夜にかかると恐くなる。

夕闇が漂い始めるころから、通りを歩く人影は急に少なくなってしまう。夜になるとどこからともなく追い剝ぎや辻斬りが出没し、町の様相を一変させるのだ。

特にこの御蔵前通りは、日本橋から浅草橋を渡って、北へ向かう道である。その先には浅草と、吉原が、そしてその先は千住《せんじゅ》大橋を経て日光《にっこう》に通じる、日光街道となる。

北から来た旅人は、浅草橋を渡って江戸市中に入る。

そのため通りには、小料理屋や土産屋が軒を並べていた。

そんな人々で昼間はたいそう賑わっているが、日暮れてからは、ぱったりと人通りが絶える。梟《ふくろう》が鳴くその淋しさはひとしおだった。

通りの途中には、浅草御蔵と呼ばれる幕府の米蔵があり、三万六千坪の敷地に、年貢米を収める六十七戸の米蔵が建ち並んでいる。

その敷地は緑地になっていて、昼でも薄暗い松林や灌木《かんぼく》の茂みが続き、蔵と蔵の間にも樹木が植えられ、気持ちのいい通りだった。

だが日没を過ぎると、どの店も閉まってしまう。

米蔵のある緑地は、まるで江戸中の闇を集めたごとく、真っ暗になるのだった。

「そうだねえ」

お廉は河岸まで歩くのが億劫らしく、渋い顔で思案げに言った。

まだ六つにはならないでしょ、と言いたげだ。

追い剝ぎが出た、吉原帰りの旗本が斬られた……などの噂は以前から絶えないが、大抵《たいてい》は夜更けてからのこと。今はまだ、互いの顔が見える時間である。

「でもおかみさん、最近は日が落ちると、駕籠もあまり蔵前を通りたがらないそうですよ」

「でも、乗っちゃえば、アッと言う間でしょ。ま、六つまで待っても来なければ、舟で帰りましょ」

ところが二人が医院の前に出てすぐ、次の駕籠が来た。

柳橋まで、と聞いて駕籠屋は渋ったが、お廉はあらかじめ用意していた包みを懐から出して押し付け、

「さ、急いでおくれ。暗くなる前に、蔵前を通り過ぎればいいの」

と気合いを入れたのである。

四

駕籠は街道へと走り出た。

その大通りは黒船町《くろふねちょう》の真ん中を南に向かっており、浅草と日本橋を繫《つな》いでいる。

まだ薄明るい沿道には、火を入れたばかりの軒提灯《のきぢょうちん》が続いていて、華やかだった。

ただこの町を過ぎると、右手沿道には元旅籠町が、左手には御蔵前の広大な緑地が広がる。この元旅籠町には、三百五十余軒の札差屋敷や米問屋が密集していた。

沿道には屋敷を囲む塀が続き、暗くなると人通りが激減してしまう。

街道には急に灯りが少なくなり、たまに前方から通行人がやって来ても、途中で路地に入って姿を消してしまう。

左手の緑地には松林や灌木の茂みがあって、夏場はよく繁茂《はんも》して憩いの地だったが、日が沈むと真っ暗な闇が垂れ込める。

緑地の向こうはさらに淋しい。そこに並ぶ米蔵は浅草御蔵と呼ばれ、毎年、六十二万五千俵余りの年貢米が納められるのだ。

その向こうは大川《おおかわ》。年貢米を積んだ船はこの大川を遡ってきて、米蔵に直結する堀に着岸する。堀は八つあり、鳥越《とりごえ》神社のある鳥越山を切り崩した土で、埋め立てられたという。

御神体を呑み込んだ一帯は、夜は恐ろしいほど暗く静かだという。

「あの辺りは、江戸の穴だよ」

と船頭らは冗談ともつかず言う。夜、舟でそのそばを通ると、何やら呻き声が聞こえると。

（遠回りでも、人家の多い路地裏を走ってもらえばよかった……）

界隈に差し掛かると、さすがに綾はほぞを噛んだ。

日没後にこの道を通ったことがないため、想像出来なかったのだ。

駕籠が途中で止まった時、綾は不安になって、

「大丈夫？」

と思わず声をかけた。

「あ、いえ、大丈夫。急ぎ過ぎて駕籠提灯に火を入れ忘れたんで……」

と前を担ぐ駕籠かきが提灯に火を入れ、また走りだす。

「駕籠屋さん、鳥越橋までまだだいぶありますか？」

と後ろを担ぐ若い駕籠かきに声をかけると、

「へい、なに、もうチョイでさ」

駕籠の中はシンとして、お簾の声はない。

（ま、もう少しだから、このまま行っちゃいましょ）

と言われたようで、綾もそれがいいと思った。

次に、急に駕籠が揺れて止まったのは、町の灯りが途切れてから、少し進んだ辺りだった。

前方では、今まで揺れながら闇を照らしていた駕籠提灯が真っ二つに斬られ、地上に落ちて燃え上がっている。

その炎の明かりで、黒ずくめの浪人ふうの男が二、三人、影のように浮かび上がった。この男らが、いきなり提灯を斬り落としたのだ。

黒い影は駕籠の前に立ちはだかった。頭《かしら》らしい長身の侍が、動転する籠かきに何か命じ、左の黒々とした松林を指差した。

指差す先には、暗い浅草御蔵へ通じる小路が黒い口を開けていた。

そちらから、川の匂いや木々の匂いの混じった冷たい夜気が、川風に乗って押し寄せて来る。

頰がこけているのか、頰の下に闇を溜めた侍は、駕籠をそちらに誘導しようとしているのだ。

「なんでえ、何するんでえ」

叫びながら後ろの駕籠かきが前へ駆け寄った。すると、もう一人の覆面の侍が飛んで来て、脇腹に光るものを押し付けた。

「駕籠屋さん、急いでちょうだい、行き先は柳橋ですよ！」

と思わず綾が叫んだ。

すると覆面の侍が、駕籠かきに向けていた刀を、今度はお簾を乗せた駕籠に突き立てる仕草をして見せた。

息を呑んで棒立ちになった綾を尻目に、男たちはそれぞれ刀を抜き放って駕籠かきを脅し、暗い松林に通じる小道へと、駕籠を押し入れる。

駕籠を下ろすや、二人の駕籠かきは飛ぶように逃げ去った。

賊は追いかけない。駕籠屋が番所に駆け込んでも、役人がすぐに駆けつけて来ることはまずあり得ない。見回りと称して空が明るくならなければ動かないのを、先刻承知しているのだ。

すでに提灯は燃え尽き、芯が燻《くすぶ》って炎を揺らしている中で、長身の男が低い声で言った。

「身共《みども》らは徳川にお味方する浪士だが、あいにく軍資金が欠乏して、動けんのだ。徳川の御《おん》ため戦おうと念じる我らのために、所持金と着物を、供出《きょうしゅつ》願いたい」

その物言いは角張って武士のものだが、二人の目は、夜目にもギラギラ光って、綾に粘っこく向けられている。

綾は気味悪さに震え上がり、頭が真っ白になった。

「勘弁《かんべん》してくださいまし、お武家様。病人を運ぶ途中でございますから、どうかお見逃しを！」

縋《すが》りつくように言ったが、舌が喉に張り付いて声がうまく出ず、膝がガクガクした。

「金目のものが無くば、御身《おんみ》を差し出してもいいのだぞ」

そばにいた覆面が言って、卑猥《ひわい》な笑い声を上げた。

「おい、駕籠の中を検めろ！」

長身の男が言うと、街道を見張っていた小柄な男が戻って来て、あんぽつ駕籠の戸に垂れた畳表《たたみおもて》を、刀の先で切り裂いた。

「おやめください！」

綾が掠《かす》れ声を上げるのと、お廉が向こう側の戸から降り立つのは、ほぼ同時だった。

「何ですねえ、お武家様ともあろうお方が何人もかかって……」

お廉の声は闇によく通り、鼻先で笑う余裕を見せた。

「お足が入り用なら、早くそう言ってくださいな。誰も断わりゃしませんよ」

とお廉は懐から財布を出して見せた。

「あいにく徳川のおんためには少ないけど、五両と少し入ってます。これもいい値で売れますから」

　と羽織を脱いで、財布と一緒に提灯の灯りに翳《かざ》したのである。

　毒気に呑まれたように三人は黙り込んだ。

「ただ、着物は、勘弁してくださいな。お侍さんが刀を取られるようなものですから。さ、綾さん、こちらへ」

　綾は手招きされ、駕籠の反対側に移ろうとした。

「動くな！」

　と長身が叫んだ。

「澤田《さわだ》、向こうでその女を身ぐるみ剝げ」

　と綾を指差し、

「こちらの財布を渡した姐さんは、見逃してやる。おい、そこの木に縛り付けておけ」

　と手にした縄を、若い男に放った。

　綾は澤田と呼ばれた侍に手を摑まれたが、夢中で振り払った。すると帯を摑まれ、引っ張られて闇の奥へ引きずられそうになる。

　地面についた手に触れた砂利《じゃり》をすくい取り、夢中で男の顔めがけて、放り投げた。

「くそっ、このアマ、女と見て加減すりゃ……」

男はのけぞって砂利を避けるや、素早く馬乗りになってのしかかって来て、首を絞めようとする。

綾は悲鳴をあげ、死に物狂いで地面を転がった。

その声に、お廉の鋭い声が飛んだ。

「お武家様、何をしていなさる、その子に手を出させないで！」

「手前の指図は受けんぞ」

とたんに、ヒッというような悲鳴がその男の口から漏《も》れた。

「ち、畜生《ちくしょう》……」

男の口から呻《うめ》きが続き、綾の首を絞めかかっていた覆面男は、ぎょっとしたようにそちらを見た。

五

まだ燻っている提灯の芯の仄《ほの》かな灯りの中に、髪から抜いた一本挿しを振りかざす、お廉の姿が見えた。

お廉は、財布と羽織を受け取ろうと差し出した長身の男の手に、簪《かんざし》を力任せに突き立てたのである。

たかだか町人の女二人。そう、頭から侮っていたところへ、思いもよらぬ一撃だった。

この三人の賊どもは、幕府の御家人だった。三人とも無禄で、内職も利は薄いから、酒代どころか日々の暮らしにも事欠いていた。

以前は、高利で金策に応じてくれた頼みの札差も、今はもう一文たりとも貸してくれない。

かくなる上は、金になるなら何でもやろうと、話し合ったのだ。

それも憎っくき札差の家の並ぶ辺りがいい、と二日前からこの界隈をうろついていた。取りあえず女を脅し、手っ取り早く酒手を稼ごうと。女を狙うには夕方の昏れなずむ時間がいい。遅くなって出歩く女は、武術の心得があったり用心棒を連れていたりして厄介《やっかい》だった。

初仕事だったが、駕籠から降りた太めの女はさっさとお宝《たくら》を差し出したので、安堵《あんど》した。この女は見逃して、もう一人を遊んでやろう。そんな企みに心を取られ、不用心に手を出し、そこに隙が生じたようだ。

そんな侍の微《かす》かな隙に、女は切り込んできたのだ。女はいつもこうだ、いつも裏切る。

(あんさんはお人が好すぎる……)といつか女に言われたことが甦り、カッと長身の頭に血が上って、傷《いた》んで血が出た手で刀を振り上げた。

「おのれ小癪《こしゃく》な。真っ二つに斬ってやる!」

すると驚いたことに、女が居直った。

「どうにでもしておくれ。ただ、あたしも柳橋のおかみだ、ただじゃ死なないよ」

と簪を構えて立ち向かう姿勢を見せたのだ。

それを薄明かりの中で朧《おぼ》ろに見、緊張で掠れるその声を聞いて、綾は仰天してしまった。ここのところ腰痛で元気がなかったのに、どこにそんな気力を残していたのだろう。

「おかみさん、やめてください!」

自分に馬乗りになっていた覆面男をがむしゃらに押しのけ、叫んだ。

「しぶといアマめ……」

と長身の侍は嘲笑《あざわら》って正面から突きかかって行く。だが死にもの狂いのお廉は、その一撃をも、何とかかわしたのである。

男は少しよろけながら踏み留まり、お廉を左脇に抱え込んで、その手から簪を叩き落とした。

死ね！……とお廉に向け、右手に持った刀を上段に構えた。

その時である。ピーっという呼子《よびこ》の音が響き渡ったのは。ハッと綾は、音のする方へ顔を向けた。

駕籠提灯の芯がまだ燻っているが、暗すぎて何も見えない。だが街道の方から、走り込んでくる足音が聞こえる。

やっと岡っ引が手下を連れて助けにきたか……と綾は安堵した。だが、聞こえる足音は一人分だけ。あとに続くものはない。

それを聞き分けた賊は、白刃を星明りにかざして待ち構えた。

そこへ何者かが斬り込んで行き、チャリーンと冴えた音を立てて刀と刀がぶつかった。白刃は右の方へ下がり、また刀と刀はもつれあって押し上げられ、夜目にも光って空《くう》を切った。

刀の一つは一回転して、放物線《ほうぶつせん》を描いて闇を斬りつつ、地面に突き刺さっていく。

走り込んできた男の刀が、賊の刀を飛ばした。

賊はぶざまに尻餅をつき、這って刀を地面から引き抜いて立ち上がる。その時、攻め込んで来た男は敏捷《びんしょう》な身のこなしで、そばに伸びた松の枝に飛びつき、木の下で構える覆面男の胸板に、足から突っ込んでいく。

覆面男は仰《の》け反《ぞ》り、叫んだ。

「逃げろ、目が青く光ったぞ！」

と綾には聞こえた。

御蔵前の闇の奥へよろめきながら逃げ込んで行く人影を、綾は呆然と見送った。賊どもの姿はもうなかった。

「大丈夫かね？」

の声に暗がりを見透かすと、少し離れて立っている黒い影が、物を言った。その声に、綾は腰が抜けそうに驚いた。

（まさか）

「間に合って良うござんした」

「と、徳さん……？」

この男は、どう見てもあの座頭の徳市。するとあの呼子は、ご用笛ではなく按摩笛だったのか？

「いや、偶然その先で、駕籠かきに出会ったんでね」

と徳市は説明した。

名倉堂へ戻るため鳥越橋を渡ってきたら、前方から韋駄天《いだてん》のように駆けて来る二人分の足音がした。駕籠かきらしいと見当をつけて待ち、どうしたねと訊くと、相手は叫んだ。

「やっ、徳さんか、大変だ。ついそこで追い剝ぎが出た」

「御蔵前だな、お客はどうした？」

「お、お客は……」

「置いてきたんだな」

「柳橋のおかみだ、金を持ってりゃ、命まで取られねえさ……」

それを聞いて、徳市はそのまま走りだしたという。最近通ってきている、あの篠屋のお廉とその連れと思ったのだ。

綾は目を見開いたまま、突っ立って聞いていた。

何も見えない座頭が、闇の中に振り上げられた刀と斬り結んだり、枝に飛びついたり出来るのかしらと、なお信じられなかった。

徳市は、そんな綾の戸惑いを見抜いたのだろう。

「なに、あたしは暗闇じゃ、目開き同然。逆に相手がよく見えるんで」

「でもあの人達、青い目だと叫んで逃げたんです」

「腰抜けめらにも、暗がりで見えたんですかね、青い目が」

徳市は声を上げて大きく笑った。

「それよりおかみさん、ご無事でよかった」

とそばに立っているお廉を覗き込んだ。髷《まげ》をざんばらに乱し、胸をはだけたままのお廉は、まじまじと徳市を見つめ、

「どこのどなたか存《ぞん》じませんが、ご親切に有難うございました……」

と言うや、精《せい》も根も尽き果てたように、ぐったりと綾に向かって倒れかかって来た。

そこへ駕籠かきがこわごわ戻って来た。

徳市の手を借り、ともかくもお廉を駕籠に乗せ、駕籠が走りだした時、綾は思わず背後を振り返った。

抜け出したばかりの真っ暗な御蔵前の闇が、まだそこに口を開けている。だが夜空を仰ぐと、星が美しく瞬いていて、いつもと変わりない。

綾は、落ちていた暗い穴の底から、這い出たような気がした。

徳市は鳥越橋まで送ってくれ、橋を渡った所で引き返していく。そこからは、町が急に明るくなるのである。駕籠は、速度を落としてゆっくりと、何ごともなかったよ

うに柳橋へ向かって進み始めた。

沿道の店先や家々に灯る提灯の灯りに、町を行き交う人影が見える。

駕籠にゆっくりと歩調を合わせながら、綾は何かに騙《だま》されていたような気がしてならなかった。あの人は本当に、浅草寺で言葉を交わしたあの座頭だったのか？

闇の中でのあの阿修羅《あしゅら》のような姿は、杖をついて腰を屈《かが》めて歩く、いつもの座頭ではなかった。もしかしたら、しっかりと閉じたあの目は、開こうと思えば開くのではないかしら？

その目は空を映したように青いから、異国人嫌いの江戸では開くことが出来ないのでは……。いやいや、そんなはずはない。

（わたしは、穴の底に落ちていたんだわ）

この江戸にはそんな、あるはずないことが起こる不思議な場所があるのだと思った。

神田川まで来ると、柳橋の灯りが下流に見えている。

綾はしゃんと背筋を伸ばし、襟元や帯の具合を直し、最後に髪の乱れを手櫛《てぐし》で整えて、深呼吸をした。

三日ほどして名倉堂で訊いてみると、徳市はここを辞めたという。

第三話　生人形《いきにんぎょう》の脚

一

早春の昼下がりの浅草奥山《おくやま》――。

大きな風呂敷包みを背負った綾は、吐く息も白くなる寒い通りを、行き交う人波にのまれ、しばしば立ち往生しながら歩いていた。

（まったく、もう……）

何日ぶりかで帰宅したご主人様に、急に頼まれたお使いである。

浅草寺裏にある、篠屋の古い馴染み客の隠居所まで足を運び、何やら荷物を預かって帰る途中だった。

この一帯は浅草寺観音堂の裏手にあたり、両国《りょうごく》広小路と並んで、江戸市中でも随一の歓楽街である。

「人間そっくり生人形《いきにんぎょう》！　美女の肌の色やシワまでそっくりそのまま、さあさあ見てのお楽しみィ……」

木戸番の呼び込みの声が、派手な絵看板を掲げたよしず張りの見世物小屋から、休みなく飛んでくる。

「いらっしゃいましィ、休んでいってくださいましィ。甘い甘いおまけつき……」

と誘う声は、木綿の着物に前垂れ姿の、清楚《せいそ》で美貌《びぼう》の水茶屋娘だ。

〝甘い甘いおまけ〟に惹かれて入ってみたら、甘い飴が一個、おまけについていたという話がある。そうとは知らず、参詣を済ませた中年男の一団が、物珍しげにぞろぞろ入って行く。

（なんて能天気《のうてんき》な人たち）

と綾は呆《あき》れて見送った。

慶応四年（一八六八）が明けてこの方、市中では人が寄るとさわると、

「今年こそ徳川の世がひっくり返る」

「薩長が公方《くぼう》様の首を取りに来る、くわばらくわばら……」

などと、恐ろしい話で持ちきりだった。

　このご時世では、さしもの奥山もさぞ閑古鳥《かんこどり》が鳴いているかと思いきや、相も変わらぬ遊興《ゆうきよう》気分でわき返っている。

　帰り道を探していると、見世物小屋のド派手な看板が目に飛び込んできた。

　描かれているのは肌も露《あら》わな遊女《ゆうじよ》で、出し物は人気の『生人形』。入場待ちの客が、木戸口に長い行列を作っていた。

　生人形とは、まるで生きているように作られた、等身大の見世物人形のこと。今から十二、三年前、肥後熊本《ひごくまもと》の天才人形師、松本喜三郎《まつもときさぶろう》が作って大坂《おおさか》で大評判を取り、江戸奥山へと進出してきた。

　それは京人形やからくり人形とは、全く別の面白さがあった。

　生身《なまみ》の人間に〝生き写し〟の人形たちが、歌舞伎《かぶき》や、歴史的な事件の一場面を、真《しん》に迫って再現するのである。

　新し物好きの江戸っ子の間で、たちまちこの新趣向《しんしゆこう》の喜三郎人形は大人気となった。以来、奥山や両国には、必ずその見世物小屋がある。

　今は元祖喜三郎だけでなく、他の人形師の作品もどんどん登場し、人気を得ていた。〝生人形〟という全く新しい見世物が、軽業や曲芸などをしのいで、のし上がってきたのだ。

「今にも動き出して、口を利《き》きそう」

「気味悪いほどそっくり！」

としばしば聞かされると、今まで一度も見たこともない綾は、

「そんなにそっくりがいいなら、人間見てた方がいいんじゃない」

などと憎まれ口を叩いた。だがせっかくその小屋の前を通りかかったのだから、と阿呆面《あほうづら》で看板を見上げていた。

「やあ、綾さんじゃないか」

とその時、いきなり背後から声がかかった。

びっくりして振り返ると、目の前に立っているのは、渋い存在感のある、あの有名な狂言作者ではないか。

芝居町《しばいまち》として知られる猿若町《さるわかまち》『市村座《いちむらざ》』を舞台に、今をときめく、河竹新七《かわたけしんしち》（黙阿弥《もくあみ》）五十二歳。篠屋の主人富五郎の遊び仲間で、店の馴染み客である。だが店の外で顔を合わせたら、下働きの女中などが、気安く話せる相手ではない。

「あら、ご無沙汰しております」

綾は、人違いかもしれないと案じつつ、深く頭を下げたのである。

するとと人違いでもないらしく、新七は丁寧に頭を下げ返したのである。

「その節は、紀伊國屋《きのくにや》が世話になりました」

（ああ、覚えていてくれたのだ）

と嬉しく、いえいえ……とまた頭を下げた。

「とんでもございません。こちらこそ至りませんで」

紀伊國屋とは、田之助《たのすけ》の屋号である。

〝その節〟とは、去年の初夏のこと。

富五郎が新七の頼みに応じて、人気の歌舞伎役者澤村《さわむら》田之助を、一泊二日ほど、篠屋に匿《かくま》うことがあったのだ。

その世話係を綾が命じられことで、新七とはかなり踏み込んだやりとりがあったのである。

顔を上げて、いかついがどこか愛嬌のある相手の渋い顔と向き合った時、とっさに綾の頭に閃いた。紀伊國屋の名前が出た以上、ここで言っておきたいことがある。

「そういえば田之助丈《じょう》が、師匠の新作でこのたび舞台に復帰され、大評判だそうですね。本当におめでとうございます！」

「あ、いや、それは……」

祝いの言葉を聞いて、新七はなぜか慌てたふうだった。

田之助が、舞台上で釘を踏み抜いたことで、右足が徐々に腐っていく脱疽《だっそ》となり、去年からほぼ一年近く舞台を休んでいたのは、市中では有名な話である。

人気絶頂の立女形《たておやま》の不在で、猿若町の芝居小屋は、どこも火の消えたように寂《さび》れていた。だがこの二月の正月公演で、田之助は復活した。

それもただの平凡な復活ではない。脱疽を病んだ右脚を切断して、〝一本足〟での再登場だった。

もちろん田之助は手術には激しく抵抗したらしい。

しかしすでに町医者では手がつけられぬ段階にあり、最後の診断を仰ぐため、豪商の仲介で、将軍家の御典医《ごてんい》の診療を受けたのだ。

ただし、役者風情《ふぜい》の居宅に御典医が往診するなど、まかりならぬこと。そこで人目につかぬよう田之助を一時、篠屋の奥座敷に運び込み、秘かに往診を受けさせるという奇策を、この新七が編み出した。

その御典医松本良順《まつもとりようじゆん》の所見は、〝右脚切断〟である。

このお墨付きに田之助は従った。命《いのち》には代えられぬ。

手術は去年の九月半ば。横浜の外国人居留地に診療所を開く米人医師ヘボン博士の執刀で、右脚を太腿下から切断した。

もはや舞台への復帰は難しい、と芝居町では囁かれた。

ところが半年経ったこの梅の香漂う季節。中村座《なかむらざ》、守田座《もりたざ》、市村座の三座掛け持ちという、前代未聞の復活劇をやってのけたのだ。

その裏には田之助のあくなき執念《しゅうねん》と、河竹新七や、大道具の棟梁《とうりょう》長谷川勘兵衛《はせがわかんべえ》らに、周囲の人々の、必死の支えがあった。

一本足の立女形が、どんな舞台をつとめるか。これまで閑古鳥の鳴いていた猿若町に、がぜん客が溢れ返ったのだ。

「いくら芝居茶屋にせっついても、どうにも桟敷《さじき》の席が取れん」

と昨夜、富五郎がぼやいていたのを、綾はしっかり耳に留めている。今回の田之助復帰は、並大抵のことではないと察しがついていた。

仕掛け人の新七師匠も、さぞや得意満面だろうと、綾は早速くすぐりを入れてみたのだが、新七の反応は、意外にもはかばかしくない。

「どうもありがとう。おかげさんで何とか……」

と型通りの礼が返ってきて、どこか浮かない風情である。

（あらら、何かまずいことを言ってしまったかしら）

と綾は少し慌てた。

田之助に何かまだ心配事があるのか、と思い巡らし、話の接《つ》ぎ穂《ほ》に困って立っていると、新七はさすがに気がついて、弁解めいて言った。

「いや、これは失礼。めでたい話なのに、こんな仏頂面《ぶっちょうづら》じゃねえ。取り越し苦労が、すっかり身に付いちまってるんですよ、ははは……。いや、芝居町で何か揉めごとがあるたび、狂言作者の新七が、後始末屋の〝新さん〟に成り下がっちまう。ははは……、つまらんもんで」

と笑い、綾が背負っている荷にふと目を止めて、

「富五郎のおやじ殿は、婦女子にこんな荷を背負わせていかんな。そこらまで持ちましょう」

と手を差し出す気の使いようである。

「あ、いえ、とんでもない、結構でございます。見た目が大げさだけど、中は恥ずかしいほど軽いんです」

「ははは、そうですか。ま、おやじ殿に、近々に連絡すると伝えておいてください」

はい、必ず……ともう一度お辞儀をして、新七と別れた。

少し歩いてからそっと振り返ると、通りの端っこを、ちょっと肩を落として背を丸

め気味に歩いて行く後ろ姿が、目に入った。

（いかんいかん、このおれが取り乱し、言わずもがなの愚痴《ぐち》を垂れるとは……）

奥山を抜け、伝法院《でんぽういん》前に向かってゆっくり歩きながら、新七は、苦い思いを嚙みしめていた。

二

猿若町では、何が起こっても動じない〝鉄の男〟で通っている。

それがはるか年下の綾の顔をたまたま見たとたん、つい同志のような懐かしさを覚えたのだ。それもそのはず、去年、田之助を篠屋に泊めた際、ぐずりにぐずって、付き添いの愛妻お幸《こう》を泣かした。

そこで篠屋のおかみの勧めで、新しく入って間もない〝綾さん〟と呼ばれる女中に、その世話を任せた。すると綾さんは、介護の心得があるのか、あっという間にこの手のつけられぬ田之助を押さえ込んだ。

先ほどそのことが頭に甦り、日頃被っている仮面の下から、素顔がのぞいてしまったのである。

綾に垂れ流した愚痴は、芝居町で長く働いてきた新七の、掛け値無しの本音だった。芝居小屋とは、ありとあらゆる厄介ごとの溜まり場だ。

小屋の金主《きんしゅ》の信じられぬ強欲、身勝手すぎる贔屓客の横車、そして役者の度外《どはず》れたわがまま！

それに遭遇するたび遮二無二《しゃにむに》その場を収め、興行を無事に進行させていくのが、狂言作者の筆頭たる〝立作者《たてさくしゃ》〟の役回りだった。

恥も外聞もあらばこそ。見え透いたお為《ため》ごかしの説得や、その場限りのお追従《ついしょう》など、あらゆる手練手管《てれんてくだ》を尽くしてことを収めてきた。

舞台裏のそんな苦労は、よく馴れた肌着のようなもので、今さらこと上げする気もない新七だったが……。

しかし、今回の〝奇跡の復活劇〟ばかりは、心底骨身にこたえている。これまでの立作者人生でも、三つ指に入る修羅場だろう。

その証拠に、田之助の三座掛け持ちの舞台はすでに進行中だが、今でもその修羅場は終わらずに、続いているのだ。

今、こうして伝法院前に向かっているのも、その解決のためだった。どうするどうする。この修羅場は一体全体、どこまで続くのだ？

田之助が半月の入院を終え、横浜から戻ってきたのは、昨年の九月末だった。ヘボン先生の執刀で片足を切断し、一本足になっていた。

見舞いに行った新七を、田之助は浴衣姿で床で迎えた。手術前に比べ血色も良くなっており、顔もふっくらして輝いていた。

だが無造作に見せてくれた脚の切断面は、まだよく塞《ふさ》がっておらず、その生々しい傷口を見た衝撃を、新七は一生忘れられないだろう。

目の前に、ストンと真っ黒な幕が下りたようだった。江戸を興奮のるつぼに叩き込んできたこの名女形も、ついに一巻の終わりかと。

この役者を失った歌舞伎界はこの先どうなるのか、と。

だが驚いたことに、田之助は少しも動じぬ口調で言ったのだ。

「よう、師匠、それでちっとばかりご相談があるんですよ」

と田之助は付き人らを下がらせ、新七と二人だけになった。

「他でもねえ、足のことです。ヘボン先生の話じゃ、アメリカって国には、足の一本くらい切っても、平気で舞台に立ってる役者がいるそうでね。〝継《つ》ぎ足（義足）〟って物をつけるんだそうで、それがあれば、二本脚と変わらねえんだと。熱心に勧められたんで、その継ぎ足とやらを、アメリカに注文しちゃいましたよ。金は二百両だって……」

「に、二百両……」

新七は絶句したが、田之助は平然と笑った。

「おや、師匠ともあろうお方が、それくれえで驚くんで？　そりゃ法外といやぁ法外でござんしょう。ですがおいらが舞台に上がりゃ、モトは取れますよ。皆、押すな押すなで観に来るでしょう。継ぎ足は半年で送られてくると……」

「半年後てえと、来年の三、四月ごろか」

「そこなんですよ、ご相談は。それまで半年も、この田之助が待っていられると思いますか？　一刻も早く舞台に戻りてえんですよ。よう、師匠、何とかしておくんなさいよう」

「ええっ」

いきなり自分に振られて、腹の奥をぎゅっと摘まれたような気がした。しがない狂言作者を、これ以上虐《いじ》めてくれるな。

「なに、難しいことじゃねえ。本物がアメリカから届くまでの間に合わせに、足を一本作りゃいいんでさ。ヘボン先生から、継ぎ足の説明書はもらってある。これを誰かに頼んで、作ってもらえねえものかと……」

「おいおい、足一本なんぞと軽く言うない。間に合わせでも、作るのに一月《ひとつき》はかかるだろうよ。傷口もまだ治っておらんのだ。来年三月には本物が来るんだから、ジタバタしねえで大人しく養生してろ」

「このご時世ですぜ、師匠。半年後、この芝居小屋があると保証出来ますか！」

（違いねえ）

　と新七は思った。

「おいら正月公演に出たいんだ、なんとかしておくれよ」

「どうもならんよ、そもそも一体、誰に頼むんだ……」

「それですけどね、あの大道具の棟梁はどうです？　あの勘兵衛は、芝居の仕掛けの名人でしょ。きっと本物そっくりに作ってくれますよ」

「うーん」

　そのふっくらした顔を呆れたように見つつ、新七は唸った。

　まだ二十二のこの若造に、これまでどれだけ無理難題を吹きかけられたことか。役者仲間をいじめ、悪口雑言《あっこうぞうげん》を吐くことで、どれだけ苦情を持ち込まれたことか。この自分はそれを何とか収めてきた苦労人……。

「いや、これは即答致しかねる。道具と人の足は別物だ」

するとと田之助はいきなり新七の手を取って頭を下げ、涙声になったのだ。

「師匠、頼みます。どうか力になっておくんなさい」

「…………」

そのしなやかな手のねっとりした冷たさに、ビクッとした。

人を人とも思わぬ、この傲岸不遜《ごうがんふそん》の田之助が、このおれにしなやかな両手を預け、頭を下げているのだ。

「し、しかし……。棟梁は大道具方だ、人の足は無理だよ」

「そりゃ、これまで足切りした役者が、いなかったからですよ。おいらにとっちゃ、足は大事な商売道具。棟梁にも挑戦しがいがあるはずだ」

「そんな手前勝手な……」

「いや、世間の奴らはおいらを、いい気味だと嘲笑ってるんですよう。だから何とかまた舞台に立って、ざまあ見やがれと見返してやりてえんだ。お前らの餌食《えじき》になる田之助じゃねえと。そのためには、おいら、何でも我慢する。〝一本足の役者〟と蔑《さげす》まれ、見世物になっても構やしませんよ」

「太夫《たゆう》……」

「よう、師匠、頼みますよう」

新七は、田之助をたしなめたかった。だがこの役者は、たまたま踏み抜いた釘が、〝連中〟によって仕掛けられた悪意の塊りと信じている。その鬼気迫る絶望的なまでの人間不信が、不憫《ふびん》だった。

「よう、師匠、何とかしてくださいよう、よう、よう……」

しっかり握った手を左右に揺すり、駄々っ子のようにねだる。浴衣の襟がはだけて、真っ白な肌が胸の辺りまで見えた。そんな田之助のしどけない姿に、新七の胸のつかえは溶けて行く。

（何とかなるか？）

頭の隅で、さっそく算盤《そろばん》を弾いている自分がいた。

もし早急にも〝片足の役者〟の舞台が実現したら、田之助の言う通り、空前の話題になるだろう。二百両などあっという間に集められる。

新七は安請け合いこそしないが、持ち前の渋い顔と、重々しい口調で言った。

「まあ、物は試しか、まずは棟梁に相談してみよう。話はそれからだ」

「うーん、これだけじゃどうも、肝心なところが分かりませんや」

へボン先生の描いた〝継ぎ足〟の図面と説明書きを見て、長谷川勘兵衛は首をひねった。

勘兵衛は、代々、芝居小屋の舞台の大道具や、仕掛けを担ってきた長谷川家の十四代目。二十一歳とまだ若いが、労を惜しまぬ働き者で、猿若町では、倍以上も年上の新七と並んで誰からも信頼されている。

つい田之助の大ボラに煽《あお》られ、何とかなりそうな気になって、勘兵衛の作業場にやって来たのだが、頼みの棟梁も、今度ばかりは勝手が違ったようだ。

棟梁はしげしげと図面を見ては、首を傾げるばかり。

たしかに新七が見ても、図面では、足の形をした筒のようなものに、肩から下げる紐様のものがつけられ、膝の辺りに何かを折り曲げるための細工があるだけ。それがどういうことか、さっぱり分からない。

その材質も細工の詳細も、不明である。

「やっぱり無理かねえ」

新七は溜息をついた。考えてみれば当たり前だった。

「太夫は本気で、片足で舞台に上がる気なんで？」

図面から目を離し、勘兵衛は改めて尋ねた。

「まさか嘘気《うそけ》ってこたァなかろう。あの天下の田之太夫が、事もあろうにおれの皺手を握って、見世物になっても構わねえと、涙ながらに頭を下げたんだからな」

「ふーん、あの太夫がねえ」

勘兵衛も溜息をついた。田之助より二つ下だが、共に猿若町育ちの幼馴染みで、その性分は誰よりもよく承知している。

強気で知られる田之助がそこまで言うのなら、舞台復帰に賭ける想いは、尋常ではないだろう。

「何とかしてやりてえのは山々ですが、継ぎ足はねえ」

弟子がその時、茶を満たした茶飲み茶碗を盆に載せて運んで来た。話は途切れ、二人は無言で熱い茶をふうふう吹いて、啜り上げた。

「そういえば……」

とふと思いついたように、勘兵衛が呟いた。

「あの師匠はひょっとしてどうかな」

「誰だい、あの師匠って」

「ほら、あの喜三郎人形で有名な」

思いもよらぬ名前が棟梁の口から飛び出して、新七は息を呑んだ。

「おお、生人形師の！　うん、喜三郎ならきっと出来る！」

叫ぶように新七は言った。

三

もちろん新七は、喜三郎の〝生人形〟の興行にはすべて足を運んでおり、その迫力はとうに承知していた。

凄いのは作品だけではない。自分より確か十歳くらい若いこの天才人形師の出世《しゅっせ》譚《たん》も、並外れたものがあった。

肥後熊本の商家に生まれた喜三郎は、幼いころから手先が器用で、職人を志し、十五歳で刀の鞘を作る鞘師に弟子入りした。

そこで塗りや彫りや画力を磨き、二十二歳で、祭りの展示用の人形の制作を頼まれ、寝食を忘れて実物大の人形を作り上げた。

これが喝采《かっさい》を浴び、〝生人形〟として後世に伝わる喜三郎人形が誕生したのである。

地元で名を上げてから、大坂に出た。

かんざし作りなどで日銭を稼ぎながら、人形を作り続け、二十八の時に、見世物の本場の難波新地《なんばしんち》で、〃生人形細工〃が大人気となった。

その後、浅草の興行を仕切る新門辰五郎《しんもんたつごろう》のお声がかりで、江戸奥山で初のお目見得《めみえ》。

ここでも爆発的な人気を集める――。


そうした話は承知していたが、驚いたのは、この人形師が現在、江戸浅草に住んでいたことだった。

ここ数年、喜三郎人形の大きな興行は打たれていない。見世物小屋を賑わせているのは、元祖喜三郎の亜流《ありゅう》がほとんどだから、てっきりご本人は上方《かみがた》にいるものとばかり、思っていたのだ。

「……いや、江戸に住むようになってもう六、七年経つんじゃないすか。新門の頭《かしら》(辰五郎)の世話で、伝法院近くの家で、お内儀さんと妹と住んでますよ」

「ほう。しかし、棟梁がなぜそんなに詳しいんだ?」

「ああ、実は新門の頭にちょいとね、頼まれてるんですよ」

勘兵衛によれば――。

喜三郎が江戸に住むようになったのは、『西国三十三所観音霊験記《さいこくさんじゅうさんしょかんのんれいげんき》』の制作に取り組むためだったという。

　これは観音様の化身《けしん》が、西国三十三所に姿を変えて現れ、迷える者を救うという主題で、観音像だけで三十三体、登場人物が百三十体に及ぶという。完成まで十年はかかりそうな、一世一代の超大作である。

　喜三郎人形の興行がここしばらく途絶えていたのは、この仕事に没頭《ぼっとう》しているためだった。

「それはいいけど、日々の稼ぎがないと暮らしていけんでしょう。それで新門の頭から、何か芝居の小道具作りでも、回してやってくれと頼まれてるんで。結構回してますよ」

「ふむ、そういうことだったか」

　新七としては、初めて知ったことだ。

「で、仕事ぶりはどうなんだね」

「そりゃあ、師匠、掛け値なしに凄いですぜ。切り首なんか、生々しすぎて怖いくらいでね」

　切り首とは、芝居の中で、盆の上に載せられて出て来る生首《なま》のこと。

「喜三郎首に比べると、今まで使ってた首なんざ、カボチャだな」

「ははは、そうでなくちゃ困る」

「ただねえ、この師匠は、気に入った注文は受けるが、そうでないとあっさりお断りだ。その代わり、受けた仕事は寝食を忘れ、完璧に仕上げます。人形の髪一本、おろそかにしねえ頑固一徹《がんこいってつ》ぶりで。おかげで、弟子が居つかねえって話……」

「へえ？　じゃ、あれだけの数の人形を、一人で作ってるのか？」

「女房と妹が細々《ほそぼそ》と手伝ってるようだけど、ほとんど一人ですよ」

「ふーむ」

新七は腕を組んだ。道具に関しては筋金《すじがね》入りの、この頑固者が言うのだから、半端な話ではないだろう。

「そんな難しいお方じゃ、こんなややこしい〝継ぎ足〟なんぞ、引き受けてくれそうにねえな」

「いえ、こうも考えられますよ。あの師匠は、器用さと集中力のお化けみてえ人だ。仕事が単純じゃ見向きもしねえが、ややこしけりゃ逆に面白がる。ていうか、職人魂みたいもんがくすぐられるとか……」

「ふむ、やっぱりお化けか」

新七は、この若者の言葉に頷いたが、

「しかし、万一引き受けてくれたとして、相手があの田之太夫じゃねえ……」

となおも首を傾げて危ぶんだ。

片や天才肌で誇り高く、わがまま放題の役者田之助。

片や頑固一徹で、完全主義の人形師。

うーん、と勘兵衛もさすがに安請け合いはせず、唸っている。

「ま、しかし、駄目モトてえことがある」

残りの茶を音を立てて啜り上げ、新七は言った。

「とりあえず明日にも、師匠の家に乗り込んでみるとするか。念のためだが、座元と帳元《ちょうもと》（支配人）に、金を用意してくれるよう根回ししておくよ。これで師匠に断られたら、太夫には諦めてもらう」

トンと茶碗を置いて、きっぱり言った。

この一言で話は決まり、二人の会談はお開きになったのである。


「いや、お待たせして……松本喜三郎です。仕事のキリがなかなかつかんで、ご無礼しました」

としきりに謝りつつ現れた人形師は、新七が思い描いていたより小柄で、やや猫背の、実直な職人ふうの男だった。

今まで奥の仕事場で、吹き付けの作業でもしていたらしく、くたびれた綿の着物の上につけた前掛けには、赤い顔料《がんりょう》のようなものが飛び散っている。

若い勘兵衛が先に挨拶し、同行の柄の大きな新七を、〃市村座の立作者河竹新七〃として紹介した。

「河竹新七です。お初にお目にかかります。このたびは紀伊國屋、三代目澤村田之助のことで、折り入ってお願いの向きがございまして、お邪魔いたしました」

と十歳年下の喜三郎に、新七は手をついて丁寧に挨拶した。

喜三郎は柔和な表情で、頷きながら聞いている。

「実はこの田之助、業病《ごうびょう》で先般《せんぱん》、右脚を切り落としました。執刀したアメリカ人の医師によれば、アメリカには継ぎ足という細工物があるんだそうで……。田之助はその図面を、もらって退院したのです。いきなりのお願いで恐縮でございますが、急ぎ、この継ぎ足を作って頂けないものかと、折り入って相談に上がった次第です」

と新七は単刀直入に切り出した。断られてもともと。要は話の骨子《こっし》をしっかり伝えることだ、と腹を括《くく》っている。

少しの間無言でいた喜三郎が、

「お芝居は、ずいぶん見さしてもろうてますよ。しかし紀伊國屋さんも、大変やねえ。

あぎゃん役者さんは、上方にも滅多《めった》におらんばい」

　と熊本弁と関西弁が入り混じった口調で、ゆっくり言った。

「太夫の脚についてもいろいろ聞いてますが……。その継ぎ足とやらは、もうアメリカに注文しはったんでは？」

　と訊かれ、そこまで知っているのかと新七は少々驚いた。

　だが考えてみれば、当たり前である。

　田之助の贔屓筋には、口入れ屋の相模屋政五郎《さがみやまさごろう》がいる。新門辰五郎は、この大物と昵懇《じっこん》の間柄だったから、折々の話題で喜三郎に伝わっていても、不思議はない。

「はい、横浜のその医師を通じて注文しております」

　と新七はすぐに受けた。

　相手が知っているなら、話は早い。

「ですが、それがこちらに届くのは、半年も先になるそうで。田之助はそれまで待てないと……。はい、傷口が治り次第、すぐにも舞台に戻りたいと申すのです。芝居町としても、一刻も早く戻ってもらいたい。このご時世ですから、太夫がいなくては、芝居小屋は火の消えたような体《てい》たらくで。客を呼び戻してくれるのは、田之太夫しかおらんのです」

と新七は一気にまくし立て、

「そして継ぎ足を作り、太夫を舞台に立たせてくれる達人《たつじん》は、日本中探しても師匠しかおられない。ちなみに図面はこれですが……」

すかさず懐から継ぎ脚の図面を取り出して、喜三郎に渡した。

喜三郎は無造作に受け取り、無言でじっと見入っている。

「我らが太夫のため、それに芝居町のためにも、ぜひ師匠のお力をお貸し願えませんですか」

とここで長谷川勘兵衛が、口を添えた。

「いやいや、何《なん》ば言いよっと……」

喜三郎は顔を上げ、この年上の立作者と年下の棟梁を、等分に見た。笑ったような表情だが、先ほどより目に力がこもっている。

「歌舞伎からは、こちらもさんざん生人形のネタをもろてますし、棟梁には世話になりっ放《ぱな》しやけん……。ここで断っちゃ、もうこの世界で生きていけへんやろ」

とボソボソ言い、頷いた。

「まあ、本物が来るまでの代物《だいぶつ》であれば、この喜三郎にも何か出来るかもしれん。不《ふっ》束《つか》ながら、やらせてもらいましょう」

「有難うございます！」

新七と勘兵衛は同時に言い、愁眉《しゅうび》を開いて顔を見合わせた。

「ただ……」

と喜三郎は付け加えた。

「ただ？」

「私流のやり方を、太夫さんにお伝えしてほしか。私は、人形の元になる素材を、それこそ爪の長さまで計測し、徹底的に写し取るところから始むるんで。足一本のことばってん、足は身体全体ば支えとるけん、足以外の部分、ええ、胴体から頭までも計測せんばなりません。ただそこまで太夫さんにお願い出来るかどうか……」

「…………」

新七と勘兵衛は、またまた顔を見合わせた。

四

この人形師と女形の初顔合わせは、料理茶屋『有明楼《ゆうめいろう》』で行われることになった。

猿若町にほど近い今戸橋のそばである。

有明楼の女将が、田之助の実兄澤村訥升《とつしょう》の妻……という縁戚関係にあるため、この厄介な客の扱いには慣れていたのだ。

当日は、内弟子の肩を借りて歩く田之助に新七が付き添い、若い棟梁の勘兵衛が、喜三郎を案内して来る段取りになっていた。

どうなることかと、新七は薄氷《はくひょう》を踏む思いで二人を引き合わす言葉を頭に描き、田之助と幼馴染みの勘兵衛をひたすら頼みにしていた。

ところが現実は時に、想像を裏切るものだ。

新七の組は先に着いて座敷で師匠を待つ段取りだったが、田之助が着物のことでグズグズしていたので、到着が予定より遅れた。

お陰で二組は、正月飾りも美しい有明楼の玄関先で、ばったり出会ってしまった。

二人の天才は、誰の紹介もないまま視線を交えたのである。

すると思いがけず、喜三郎はその場に棒のように突っ立った。

両眼を見開き、薄っすらと化粧した田之助をまじまじと視《み》つめ、無言で立ち竦んでいる。

田之助は、どこかで会いましたっけ、と言いたげな戸惑った表情で見返した。

緊張と不安で固まった静止の瞬間が過ぎ、はっと先に我に返ったのも喜三郎である。

すぐにこわばっていた表情を崩し、

「ああ、いやいや、これは飛んだご無礼を！」

と上《うわ》ずった声を発した。

「あんさんが紀伊國屋さんやね？　こぎゃん別嬪《べっぴん》さんを、生まれて初めて間近で見さしてもろて、柄にものう上がってしもうて……」

これには、その場の全員が脱力した。

仮にこれが喜三郎の演技だとしたら、何というつかみ芸だと、新七は舌を巻いた。だがそんなことはあり得ない。その証拠に、あの万事にうるさく気難しい田之助が、この出会い頭《がしら》の天然の振る舞いに、すっかり心を許してしまったのである。

面倒な自己紹介や挨拶もすっ飛ばし、一気に打ち解けて喜三郎の腕を取り、奥座敷へと誘った。

「はははははは……」

一足遅れて座敷の前に立った新七と勘兵衛は、奥から聞こえてくる愉快そうな笑い声に、黙って顔を見合わせた。

奥の二人はいきなり意気投合したらしい。

それからの田之助はしおらしく、身体の計測をしたいという喜三郎の要望にも、二つ返事で応じた。

散々気を揉まされただけに、新七の安堵は大きかった。

これからもまだまだ、やるべきことは山ほど待ち構えている。座元や帳元との厄介な調整……、田之助の足に負担の少ない演目を選んでの台本の手直し……。

だが難関の〝継ぎ足〟問題で、松本喜三郎という大物を担ぎ出し、義足のメドがついたのが何よりの功績だった。

「ははは、それじゃ喜三郎師匠、どうかよろしく頼みます」

と帰りがけ、田之助は上機嫌で声をかけた。

「はいはい、早速にも取りかかるけん、仕上げまで少し待ってくれん」

その頼もしい言葉に、田之助は黙って深々と頭を下げた。

この役者のそんなしおらしい姿を、新七は初めて見たような気がした。

今戸の有明楼から、伝法院前の家に帰った喜三郎は、玄関に出迎えた女房に一《ひと》こと声をかけたきり、むっつりと薄暗い仕事場に入った。

喜三郎には、内弟子というものがいない。

以前は何人もの弟子を置いてきたが、一人として長続きした者がいなかったのだ。

自分が厳しすぎるからだと初めのころは悩んだ。

だが今となっては、自分の要求について来られぬ者など邪魔でしかない、と思うようになっていた。

そのせいで、仕事場には作りかけの人形や、その衣装が散乱して、足の踏み場もない。ここは自分以外は誰も踏み込めぬ〝聖域《せいいき》〟だった。

今、この薄ら寒い聖域に一人閉じこもり、思いもよらぬ今日の出会いを、じっと思い返していたのである。

実は喜三郎はこのところ、仕事の壁にぶち当たっていた。

四十を迎えたのを機に、これまでの総決算となる『西国三十三所観音霊験記』に取り組んではや二年。

那智《なち》の青岸渡寺《せいがんとじ》から美濃《みの》の華厳寺《けごんじ》まで、三十三の霊場で衆生《しゅじょう》を救う観音菩薩《ぼさつ》を生人形に仕立てるには、なお数年はかかりそうだ。

こうして観音制作も半ばまで来て、壁にぶつかったのは、三十三霊場すべてに登場する観音の御姿が、このままでいいのかという疑問を抱いたことに始まる。

今まで試行錯誤しつつもそれなりに着想を得てきたが、ここへ来てふと基本的な疑いを感じてから、自信を失い、ここしばらく悪戦苦闘の日々だった。

二十八で、人形師として大坂にうぶ声を上げ、順風満帆《じゅんぷうまんぱん》でここまで上り詰めてきた喜三郎には、初めての乗り越えられぬ壁だった。

観音様は人間の姿をしているが、男でもなければ女でもない。人間をも超越《ちょうえつ》した存在である。それを、なんの疑いもなく人間として描いていいものか。人間と観音とをどう差別づけたらいいだろう。

そう考え始めてから、これからいよいよ大トリとして登場する観音たちをどう描くか、まるで想像がつかなくなったのである。

そう思いあぐねて鬱々《うつうつ》している時、たまたま飛び込んできたのが、田之助の〝継ぎ足〟だった。

報酬も悪くなさそうだし、こんな時にはいい気分転換になろうか、と面白半分で引き受けたのだ。今日はその打ち合わせで、今戸まで足を運んだのだが、こんな思いもよらぬ出会いが待っていたとは。

有明楼の玄関先で、ほんのりと化粧した田之助の顔を正面から見た時、その場に崩れ落ちそうな衝撃を受けた。

舞台では何度も観ていて、その並外れた美貌は承知していたのに、初めて間近に見る姿は、まったく別物だった。

まるで後光《ごこう》がさしているようなあの気高さは、何なのだろう。

この役者は片足を失った代わりに、何か特別の魔力を得たのではなかろうか。目の前に立っていたのは、男でも女でもない、人間を超越した存在。そう、まさに観音菩薩だったのだ。

自分は今、この現世《うつしょ》で、観音様とまみえているのか。

そんな感動と興奮で身体が震え、その場でどんな言葉を吐き散らしたか覚えていないほどだ。

その後も、田之助の身体を計測したり、その顔を様々な角度から描かせてもらっている時も、ほとんど夢心地だった。

まったく何という天佑だったろう！


今、仕事場の廊下側に出て、明るい陽の中で、田之助の生身を写し取った絵を見ながら、喜三郎は手応えを感じていた。

永らく切望しても得られなかった観音像が、ありありと見えるような気がした。自分が取り組んでいる『西国三十三所観音霊験記』は、おそらく後世《こうせい》に残る仕事になるだろうと、漠然《ばくぜん》とながら、確信に近いものが芽生えていた。

これも田之助のおかげである。

あの役者の失われた足を、誠心誠意、自分の手で生み出そうと心に誓った。

五

「うーん、これは凄い……」

いかにも感じ入った様子で、新七は声を上げた。

今戸の料理茶屋『有明楼』の奥座敷に、先日集まった面々が再び顔を揃え、喜三郎を囲んでいる。

前回の初顔合わせから半月後、約束通りの期日に、約束の物が仕上がり、今はそのお披露目だった。

それは誰の目にも、本物の脚に見えた。

桐《きり》材に、白色を出すための秘伝の胡粉《ごふん》を何度も吹きかけ、磨き上げた肌はきめ細やかで、生身そっくりで、気味が悪いほどだ。

脚の長さもふくらはぎの形も、喜三郎の徹底的な計測によって、田之助のもう一本の健康な足とまったく同様に作られている。

「師匠、ちょっと細工《さいく》を見せてもらっていいですか」

同じ職人として細部が気になるらしく、勘兵衛は喜三郎に断わって、脚を手に取りその内側を観察している。

太腿下の、切断面が接触する足入れの部分は、特に精妙《せいみょう》に作られており、体重がかかっても支えられるように、内部には曲げ木の心棒が二本入っている。

あんな粗略《そりゃく》な設計図から、短期間で、よくこれだけのものを作り上げたと、勘兵衛は感服した。

「まあ、何はともあれ、太夫に試着していただきましょうか」

喜三郎が声をかけると、待っていましたとばかり田之助は、付き添いの内弟子の肩を借りて立ち上がる。

喜三郎はその前にひざまずいて、慎重な手つきで田之助の足の切断面に継ぎ脚を装着する。

前回見た時はまだじくじくしていた切断面は、今はほとんど固まっているようだ。

「それでは太夫、お弟子さんの肩を借りずに、そのまま立ってください」

その言葉にちょっと不安げな表情を覗かせながら、それでも田之助は言われた通り〝二本脚〟ですっくと立った。

「そのまま、右脚を一歩前に……」

喜三郎のさらなる指示に、田之助の右足はためらいがちに動く。

そのまま、右足を一歩後ろに……。横へ回して……。

注文の声が飛ぶたびに、その足は忠実に命令に従った。

「やった……！」

新しい脚があらゆる注文をこなし、これでなんとか行ける……と人形師の太鼓判を得ると、新七は年がいもなく、若やいだ声を上げた。

「太夫、使い心地はどうだね？」

と声をかけると、

「ああ、こいつあ新春《はる》から縁起がいいや」

と田之助は機嫌よく、精一杯の見得《みえ》を切って見せた。

「おいらの脚がまた一本生えてきたようだぜ！」

新七の八面六臂《はちめんろっぴ》の奮闘が始まった。

二月に幕を開ける正月公演に間に合わせようと、復帰計画は極秘に、特急で、進めていた。だが、〝田之助が継ぎ脚で市村座に立つらしい〟との噂が猿若町に広がると、中村座からも守田座からも、出演依頼が飛び込んできた。

田之助の争奪戦が始まったのである。

田之助側も、アメリカに注文した二百両の継ぎ脚代など、喉から手が出るほど金が欲しい。

結局は三座掛け持ちという、前代未聞の異例事態となったのだ。

こんなややこしい事態を裁けるのは、ただ一人、新七しかいない。

市村座に新しく『お静礼三後日談《しずれいざ》』を書いた新七は、守田座にも新作の『傾城重の井《けいせいしげのい》』、中村座には『五十三駅《ごじゅうさんつぎ》』を……と大わらわだった。

田之助も、練習の姿を人前に晒《さら》すことはなかったが、自宅で連日の継ぎ足の訓練に励んだ。

喜三郎の継ぎ足は、ただ立っている分には問題ないが、体重を乗せての動きになるといささか頼りなくなることがある。そのたびに勘兵衛が呼ばれて細やかな手直しを加えた。

時には勘兵衛の手に負えなくなることがあり、喜三郎の出動となる。この生みの親は嫌な顔一つ見せず、田之助の稽古場まで駆けつけ、労を惜しまぬ手直しをした。

田之助の江戸三座掛け持ちの「奇跡の復活劇」は、こうして空前の熱気の中で、幕を開けたのである。

「……いかん、あれはいかん」

芝居見物の客達が賑やかに行き交う猿若町の大通りを、喜三郎は人目を避けるように俯きながら、歩いていた。

市村座でたった今、田之助の『お静礼三後日談』を、立見席からのぞいて来たところだった。

新七に声をかければ、幾らでもいい席を用意してくれるのだが、継ぎ脚をつけた田之助の舞台を、間近で見るのはなんだか恐ろしく、誰にも告げず、こっそり見物して来たのである。

田之助のお静は、申し分なく綺麗だった。

病気以前より妖艶《ようえん》さを増して、多少の色っぽさでは驚かない喜三郎を、遠目からでも、どきりとさせたほどだ。

ただ——。

田之助が動きだすと、違う……と思ってしまう。

もちろん片足になったのだから、以前の田之助とは違って当たり前。舞台に立って歩きだしただけでも大変なこと、と善良なる見物客はそれだけで熱狂し、拍手が渦巻いた。

だが喜三郎にはその落差が痛いほど分かってしまう。

自分の作った継ぎ足が、太夫の思い描く動きについて行けていないのだ。つまり自分が作れたのは、あくまでも人形の足だった。

その足が、稀代《きたい》の名女形を、木偶《でぐ》人形にしてしまっている！

稽古場ではもう少しさまになっていたはずだ。しかし本番の舞台となると、周囲の役者の緊張からしてもまるで違うため、田之助の歩き方の覚束《おぼつか》なさが、喜三郎の目には際立って見えてしまう。

勘兵衛の手も借りて、作りたての足には随分と手直しをした。

だが、結局は及ばなかった。

アメリカに注文した継ぎ足が届くまでの〝つなぎ〟という意識が、どこかで自分を甘くしていたか。喜三郎は自分を厳しく責め、ひたすら恥じ入って、身の置き場がない。

呑めない酒を浴びるほど呑みたく、それが叶わぬ自分が呪わしかった。

「え、棟梁、そりゃ本当かい？」

勘兵衛から、その衝撃的な報告を聞いて、新七は思わず声を上げた。

田之助の継ぎ足が、そろそろ限界にきているという。

「しかし、まだ半月だろうが」

「ただ、三座掛け持ちですからねえ、酷使してますよ」

おまけに復活公演が始まってから大入りが続き、この具合では、これから先も一か月は続く見通しだった。

「何とか修理出来んのか」

「もうさんざん、手直しはしてきてるんですよ。それでも膝の関節がガタついてきて、もうお手上げです」

「うーむ」

「で、太夫が、何とかあの足をもう一本、作ってもらえないかと……」

「むむ……」

新七は腕を組んで唸るばかりだ。

田之助は気軽に言うが、あの喜三郎が受けてくれるか。この話が進んだのが、そもそもの奇蹟。それが二度あるとはとても思えない。

新七は目を上げて、裏庭を見た。

この市村座の作者部屋から見えるささやかな裏庭で、春になると真っ先に咲く緋寒桜がほころび始めている。

その無心に開きかけた花に、新七はしばらく無言で目を遊ばせていた。

六

「ごめんください」

伝法院前の喜三郎宅の玄関先で、新七は二度、三度と声を上げたが、応答はない。

新七は困り顔で、その場に佇んだ。狭い猫の額ほどの庭には、丹精込めているらしい沢山の鉢や、沈丁花《じんちょうげ》の茂みが見える。

もっと早めに市村座を出て来るつもりが、座元との込み入った話が思いがけず長引いた。その上さっきは奥山で、たまたま出会った柳橋の篠屋の女中と立ち話をし、さらに時間を食った。

それに〝薩長〟がどうしたの、〝会津〟がどうしたのと、剣呑な情報が飛び交う割りに、芝居町界隈に人出が多いのに驚き、ついそこらを余分に歩いてしまった。

いや、本当はたぶん、この訪問は気が進まなかったのだ。

(改めて出直そうか)

と思案していると、背後に足音がした。振り返ると、あの喜三郎がちょうど帰って来たところだった。

「や、河竹の師匠、ちっと用足しに出かけとって、失礼しました」

いつもの紺木綿の着流しに法被を着て、前掛けは外している。

「あいにく女房も妹も、実家ん用で国に帰っとりますけん。お構いも出来んですが、まあ、お上がりなっせ」

通されたのは、前に勘兵衛と一緒にきた時、通された小部屋である。改めて向き合うと、喜三郎がげっそり窶《やつ》れているのに驚いた。

「お忙しそうですな」

と新七は、嫌な予感が当たりそうな気がしたが、微笑して言った。

「いや、それが……」

喜三郎は、苦笑して弁解した。しばらく行き詰まっていた仕事のメドがついて、最近はずっと根《こん》を詰めて打ち込んでいるのだと。

「どうも、女房が家におらんと、飯ば食うんも面倒になって……」

「ああ、それは」

よくあること……とばかり新七は同情を滲ませて笑った。すると喜三郎の方から、本題に踏み込んで来た。

「で、今日はいかようなことで？」

「あ、いえ、そんなご多忙の折にまことにナンですが、例の脚の件です。世間は騒がしくて、それどころじゃないご時世ですが……」

と新七は肩をすくめて軽く笑い、棟梁から聞いた通りに話した。

例の脚が、舞台で毎日酷使しているので、だいぶ傷んで来ており、勘兵衛の手直しではもう治らないところまで来ている。そこで、太夫からの強《た》っての願いとして、同じ継ぎ足をもう一本、作って頂けまいかと。

新七は切口上で一気に畳み込んだ。

すると喜三郎は、意外な顔も見せずに、黙っている。

「そんなわけでして如何でしょう。釘一本から、こんな事態に立ち至った田之太夫を不憫《ふびん》と思《おぼ》し召し……」

新七は本当にそう思っており、出来る限りのことをしてやろうと心に決めているのである。

「ああ、あん脚のこつ、紀伊國屋さんにはほんに申し訳ないことばしました。お詫びのしようもなかとです」

「何を言いなさる！」

喜三郎の意外な言葉に、新七はつい声を高めた。

「いや、そん通りなんですよ」

と相手は淡々と返した。

「先日、師匠の書かれた『お静』を観させてもろうたですが、所詮《しょせん》私は人形師、動かぬ人形の足を作っただけでして。芝居を支え、芝居に息を吹き込むような力はなか……。お役に立てず、申し訳なかとです」

「………」

一呼吸おいて、新七が言った。

「喜三郎師匠、それは違いますよ。ええ、師匠の脚がなかったら、紀伊國屋の舞台復帰など、あり得なかったんですよ。太夫の傷が癒《い》えたところで、すぐに師匠の継ぎ脚で足の動きを訓練をした。それがどんなに良かったか！　太夫もそのことをよく承知しており、だからこそ、もう一本師匠に頼んでほしいと。この新七、太夫に成り代わって切にお願いしている次第です」

つい熱がこもって、立て板に水になってしまった。

「これは有り難かお言葉、痛み入ります。少し心が軽うなったです」

喜三郎は微笑を浮かべて言った。

「ただ、足をもう一本作るのは、勘弁してくれんですか。今の自分の腕では、あれ以上のもんは作れん。どうかお察しくだされ」

「…………」

そこまで言われては、さすがの新七も黙り込むしかない。

そのとき、ふと喜三郎は立ち上がって、小部屋茶簞笥から、大事そうに袱紗《ふくさ》の包みを取り出してきた。

「これは紀伊國屋さんから頂いた、継ぎ脚の代金ですばい。封も切っとらんけん、金《きん》子《す》の額も知りません。職人が、自分で恥じるような仕事をしては、金子は頂けん」

「師匠……」

「いえ、よか……」

と喜三郎は、押し返されたものを押し返した。

「紀伊國屋さんからは、すでにたっぷり頂戴しておるけん。はい、金子には代えられんもんをね。どうかこん御無礼をお許し願って、こればお返しくだされ。今回ばかりは、曲げて、この職人の意地ば通してくれんですか」

喜三郎は畳に手をついて、新七に深く頭を下げた。

その熊本言葉は、新七の胸にストンと落ちた。自分が逆の立場だったら、そう出るだろうと思う内容だった。

これではまるで、自分の書く狂言の中の、いなせな主人公の台詞《せりふ》だ。それを吐かれては、もうお手上げだ……。

「師匠、お手をお上げください」

新七は静かに言った。

「お志《こころざし》は承《うけたまわ》りました。お預かりしたものは確かに紀伊國屋に戻し、しかと伝えますので、ご安心くだされ」

暗くなった部屋の中で、二人は顔を見合わせた。沈丁花の香りがどこからか漂う夕方だった。

（やれやれ、案の定、むだ足か……）

伝法院前の家をあとにすると、新七は大きな溜息をついた。初めから予感していたことである。

だが新七はすでに、持ち前の融通無碍《ゆうずうむげ》の精神が、むくむくと入道雲のように立ち上がるのを感じていた。

田之助の継ぎ足がもし壊れたら、その時はその時。

台本を書き換えたり、勘兵衛に小道具の工夫をさせたり、何とか策がないでもない。

この河竹新七が何とか始末をつけて、乗り切るしかなかろう。

(所詮おれは、この猿若町の後始末屋だ)

そう自嘲した時、今日の昼下がり、奥山で立ち話をした〝綾さん〟という篠屋の女中の顔が、またふと思い浮かんだ。

あの人なら、こんなしょうもない愚痴を、面白がって聞いてくれそうな気がする。

そう、また出会ったら、今度こそたっぷり聞いてもらおうか、と思いつつ足を速めた。

『西国三十三所霊験記』は、三年後の明治四年に浅草奥山で初公開され、爆発的な人気を呼んで、生人形師喜三郎の代表作となった。

一方、田之助は、明治三年に左脚を切断。

だが両脚を無くしても、舞台に立った。

第四話　残《のこ》んの花

一

慶応四年二月、有栖川宮熾仁親王《ありすがわのみやたるひとしんのう》を総督《そうとく》とする新政府軍が、

「宮さん宮さん　お馬の前に　ヒラヒラするのはなんじゃいな……」

と唄いながら、怒濤《どとう》の勢いで江戸に進軍し始めた。

軍歌〝トンヤレ節〟が、初めて東海道に轟《とどろ》いた最初だった。

トンヤレとは〝とことんやれ〟の意味である。

「一天万乗《いってんばんじょう》の帝王《みかど》に手向かいする奴《や》を　トコトンヤレトンヤレナ」

帝に歯向かう奴はとことん殺れ、とことんやっちまえ、と、五万の兵が大合唱したのである。

　それにしては、陽気で明るいこの軍歌、沿道の見物衆を熱狂の渦に巻き込んで、敵味方なしに愛唱され、軍より早く江戸に届いて大流行歌になったという。

　軍は二月半ばには駿府入りし、総督府は軍議を開いて、いよいよ江戸城総攻撃の日取りを決定した。

「敵は三月十五日に攻めて来る！」

　との報が、その日のうちに江戸に伝わり、大騒ぎとなった。

　遊覧船などとうに休み、この季節を彩《いろど》る渡り船頭の粋な姿もない柳橋では、春らしいざわめきまでも消し飛んだ。

　だが船宿は何があっても休まない。逆にこの報が伝わるや、遠方へ向かう疎開客が船着場に殺到した。


「綾さんにお手紙……」

　と女中のお波《なみ》が厨房に入ってきて、手紙を差し出したのは、そんな午後のこと。雛《ひな》の節句も終わって、細かい雨が葉桜を濡らしていた。

「今、お使いの人が表玄関に来て、これを置いてったよ」

「ありがと……」

綾は礼を言って封筒を裏返したが、差出人の名はない。不審の目を上げると、お波は首をすくめてこう説明した。

二階の片付けを終えて降りてきた時、玄関の戸が開いて男が顔を出し、アヤさんて人いるかね、と問うたという。

はい、と答えて呼びに行こうとすると、

「呼ばんでいい、これを渡してくれと頼まれただけだから……」

と男はその書状を押し付けて、去って行ったと。

綾は封を切って書状を抜き出し、〝先般《せんぱん》は……〟という字を一目見たとたん、ズキンと胸が高鳴った。

手紙を手にしたまま、思わず勝手口に走り外に飛び出していた。

小糠雨《こぬかあめ》は止まずに降っていて、橋を渡って行く蛇《じゃ》の目が二、三、目に入る。だがいずれも女衆ばかり。左右を見ても通行人はいない。

綾は台所に戻って竈《かまど》のそばに立ち、小豆《あずき》を煮る鍋の水加減を見てから、貪《むさぼ》るように書面に目を走らせる。

それは誰かに読まれるのを案じて、名前の部分は伏せ字か略称になっており、宛先や差出人の名も書かれていない。おまけに、巻紙便箋には雨粒が沁みて、墨はところどころ滲んでいる。

だが綾は、この読みにくい暗号めいた手紙の主《ぬし》が、一目で分かった。

（まさか……）

の思いに心が震えた。

運勢を占ってもらう時、閻魔堂《えんまどう》はよく和紙に太筆で、御託宣を認《したた》めたのである。

黒々として大きな、自信に満ちた字だった。

手紙はまさにあの字で書かれていたのだ。

まずは無沙汰を詫びる言葉に始まり、あのお方（十三代将軍の御台所《みだいどころ》〝篤姫《あつひめ》〟改め天璋院《てんしょういん》）への橋渡しが、うまく出来なかったことへの侘《わ》びが綴《つづ》られていた。伏せ字を想像で補い、候文《そうろうぶん》を平易《へいい》に読み下すと――。

文面はほぼ次のような意味になる。

「……昨年暮れは失礼仕った。自分なりに先方（篤姫）には、あらかじめ筋道を通してあったのだが、思いがけぬ事件（薩摩藩邸焼き討ち事件）に遭遇したことで、突然江戸を去ることになってしまい、忸怩《じくじ》たる思いである。

後で知ったところでは、篠屋主人（富五郎）の努力によって御目どおりの場所は上野（寛永寺《かんえいじ》）、日時は公（家定公《いえさだこう》）の月命日と決められ、御目どおり寸前まで漕ぎ着けたとやら。

だが当日、先方に降りかかった事情で、御目どおりは流れてしまったとのこと。

それ以後の先方（天璋院）は、主家（徳川家）ならびに主君（前将軍慶喜《よしのぶ》）に対する新政府方の厳しい処遇に、心身をすり減らしておられるようだ。

参謀《さんぼう》（薩摩の西郷《さいごう》）に使者を立てて、主君の赦免《しゃめん》や、江戸攻めの取りやめを嘆願《たんがん》したりで、実にお忙しく日を過ごしておられる。

仮に江戸城が開城となっても御自身は城を離れず、ここで討ち死にすると主張され、一歩も譲歩なされないのだとか。

あれこれまことに気掛かりであるが、今は時を待つしかない。世間が落ち着きさえすれば、機会は再びやって来よう。

さて、ここで我が身のことを少々明かせば、自分は負傷しており、今は某所において療養中の身である。

環境が一変し、暇をかこつ身になってみると、江戸にいたころとはまた違う身分の者たちとの交わりが増え、さまざまな話を聞く機会に恵まれておる。

そんな中でさる人物から、兄上の境遇に関する、興味深い話を聞き得たことを、ここに報告する。おかげで身中のお節介の虫が騒ぎ出し、虫に命ぜられるまま、我が親愛なる女人に宛て、またまた筆を取る気に相成った次第なり。

ついては相変わらず忙しい中を、本所菊川町《ほんじょきくかわちょう》までご足労願いたい。

そこにある加古川《かこがわ》医院の加古川佐内《さない》を訪ねて、わが名（閻魔堂）を言ってくれれば、快く会ってくれよう。

会ったら、父上兄上のことを問うてみてほしい。必ずや何らかの有益な情報を教えてくれよう。

今は生きにくい末世だが、くれぐれも短気を起こさず生きてほしい。命あれば、また会うこともあろう〟


読み終えた時、心弾み、涙ぐんでいた。何よりも嬉しかったのは、閻魔堂が生きていてくれたことである。

あの占い師が〝お節介の虫〟にかこつけて、離散して廻り会う希望もない綾の一家へ、再び救いの手を差し伸べてくれたのだ。

誰もが自分が生きるのに精一杯の時代、なお自分のことを心配してくれる人がいたのである。

「養生《ようじょう》して生きてほしいのは閻魔堂《あなた》さまですよ」

と返事したいのに、それが出来ないのが残念だった。

お波の不親切は今に始まった事ではないが、もし自分ならすぐに呼びに走るだろうし、使いの者に心付けを弾んで、差出人についてもっともっと聞くだろう。

手紙を託したのなら、江戸のどこかにいるのでは？

〝某所〟とはどこ……？

閻魔堂の負傷の程度は、どんなもの？

……問いたいことは山ほどあって、思いは尽きなかった。

閻魔堂は大嘘つきだから、すべてを額面通りには受け取れないが、〝命あればまた会える〟の言葉は素直に信じられた。

そして本所菊川町に住むという加古川佐内。

この医師について、下っ引の千吉に調べてもらうと、奉行所に常備されている本所深川切絵図に、その名を冠した医院が見つかった。

医療関係の人名帳にも、その医師名は載っていた。

そうした情報の断片を総合してみると……。

佐内は東北の小藩の医学所で漢方を収め、それでは飽き足らず、江戸に出て蘭方《らんぽう》を学んだ人らしい。

だが西洋医術が主流になっている当節、佐内は蘭方に和漢の伝統的な諸学を取り入れ、和洋を取り混ぜた医術体系を是《ぜ》として、家業の看板としているようだ。

二

綾が佐内に会うため店を出たのは、十四日の午後だった。

菊川はさほど遠くないから、事情を手紙に認めて、いつなら訪ねていいかと問うたのである。

すると先方は使いの若者を寄こし、数日後の十四日八つ（午後二時）でどうかと言ってきたのだ。綾は躍り上がって喜び、おかみの了解を得て、その日に伺わせて頂きたいと返答した。

ところがそれからの成り行きで、この日は危ぶまれた。

新政府軍が定めた〝江戸城総攻撃〟の日が、翌十五日と判明したのである。

すでに市中は、荷を背負ってどこかへ逃げる町人や、山のように荷を積んで走り去る大八車や、城から脱走して来たらしい侍の一団などで、ごった返していた。

篠屋でも富五郎が帰って来て、町内会の集まりや、船頭組合の集会などに顔を出し、あれこれと対策を講じていた。船頭らも繋留《けいりゅう》する船を一箇所に集めるなどして、非常時らしく緊張している。

綾は日を変えてもらおうと思った。だがそれを聞いて、

「その必要はない」

と一言のもとに否定したのが富五郎である。

「総攻撃はおそらく中止になる」

と富五郎は言った。

「これはわしばかりでなく、町役人の金田《かねだ》様も町内会も、大方はそう予測しておるのだから」

新政府軍が血祭りに上げたい慶喜公は、とうに恭順しているのだ。

さらに慶喜公はこの五日前、幕臣山岡鉄太郎《やまおかてつたろう》を駿府の西郷隆盛《たかもり》の元へ遣わし、戦の回避を乞《こ》うたという。

この山岡の決死の説得が功を奏し、敵軍参謀の西郷と陸軍総裁勝海舟《かつかいしゅう》との和平交渉が行われることになった。

その会談の日が、この十四日に決まったというのだ。

「仮に交渉が決裂したとしても、戦は翌日のこと。何があろうと、せっかくの機会を逃してはいかんよ。また天璋院様の時のように、行き違ったらどうする。舟で行けば、菊川はすぐそこだ。誰かに舟を出してもらえ」

　富五郎の言う通りだった。

　舟で両国橋から竪川《たてかわ》を入って行けば、菊川まで四半刻で行けるだろう。竪川が大横川《おおよこがわ》と交差する、その右角の一帯が菊川である。

　佐内の手紙によれば、

「その一角に、鬱蒼《うっそう》たる榎《えのき》の大木に囲まれた静かな榎稲荷神社がある。医院はそのすぐ近くだ。この庭にも榎の大木があるため、近所では我が医院を〝榎さん〟と呼んでおるらしい」

　舟は、下っ引の千吉に頼んだ。

　船頭ではないが櫓漕ぎがうまく、悪天候でも安心していられる。

　夕暮れ前に迎えに来てもらう約束をして、菊川の船着場で陸に上がった。微風に、遅咲きの桜の花びらが舞う、穏やかな日である。

　少し町を歩くうち、程なく物古《ものふ》りた〝榎医院〟の門前に立っていた。佐内が書いて来たように、神社の親戚のように見えた。

この大横川沿いの界隈は、榎稲荷神社の佇まいと、周囲を囲む大名家の下屋敷のおかげで、柳橋にはない静けさがある。

表玄関で取次を頼むと、すぐに廊下を軋《きし》ませて出て来たのは、五十前後の恰幅《かっぷく》のいい、作務衣《さむえ》をまとった主人だった。

総髪と口髭に白いものが混じっている。丸い眼鏡の奥の目は、少し眠そうだったが、笑みを満面に浮かべて綾の訪問を喜んだ。

「こんな田舎まで、よう訪ねてくれました、さ、どうぞ……」

名残りの桜がまだ咲き、白い小手鞠《こでまり》が楚々《そそ》と咲きこぼれる庭に沿って、廊下は奥へと続く。

導かれるままに、奥まった古びた座敷に案内された時、綾は子供のころのわが家に帰ったような気がした。縁側には陽が輝いているが、座敷の半分は薄暗く、火鉢に火が熾《おこ》っている。

その家の隅々に、薬草を煎《せん》じる匂いが染み付いていた。

「いや、思いがけぬ手紙を頂いて、びっくりしました」

佐内は自ら茶を淹れて勧めながら、言った。

「何より驚いたのは、あの閻魔堂の消息ですよ。江戸を出なすったんですか？」

闇魔堂の話になると、眠そうなその目が輝いた。

昨年暮れの焼き討ち事件に、闇魔堂も関わっていたことを、少しも知らなかったようだ。

「あの先生がのう。ちなみにぶしつけな質問で恐縮ですが、綾さんは闇魔堂と、どんなきっかけでお知り合いに……？」

と好奇な眼差しで綾をしげしげ見つめて言う。

綾は、柳橋篠屋を通しての経緯を語った。

「篠屋さん……そうでしたか。いや、今思えばわしらは、互いの仕事の話はほとんどしなかったでのう。闇魔堂が薩摩人とは知っておったが、そうですか、藩士だったんで……。そういえば、二、三度、妙なことがありましたのう。真っ青な顔でここに飛び込んできたんだが、何しろ、両国橋で夜見世を張ってる商売だ、ヤクザにでも追われたかと……」

闇魔堂とはどうやら、血湧き肉躍るような、壮士《そうし》の付き合いではなかったらしい。

「あのう、先生こそ、闇魔堂さんとどんなお知り合いでした？」

と訊いてみると、

「……まあ、ただの呑み友達ですわ。品川の呑み屋で知りおうた。わしは若い時分、品川に仕事がありましてな。そのころは芝金杉町《しばかなすぎちょう》に住んで、一日置きに通っておったんです。品川は、薩摩屋敷から近いんで、閻魔堂の縄張りでしたよ」

としきりに昔を思い出すふうである。

「こんなことを言うと語弊《ごへい》があるが、はやらない医者といかがわしい手相見……ははは、なぜかウマが合いましてな」

二十代後半に品川を辞め、子どものいない伯父の病院を継いで、この菊川に移った。

だが閻魔堂とは、なおも両国橋辺りで呑んだという。

「しかし……」

と佐内は腕を組み、首を傾げて呟いた。

「どうも不思議ですな。わしは閻魔堂に、綾さん一家に関係することは、金輪際《こんりんざい》話したことがない」

「でも先生は私の父をご存知だそうで……？」

「それはそう、綾さんの父上は知っておるが……しかし閻魔堂は、なぜそれを知っておるのかな」

それもそうだった。

ただ手紙によれば、閻魔堂は負傷しており、目下療養中とあった。その療養先で、これまでにない様々な人と話す機会を得た……と。

そんな療養の身のつれづれに、加古川佐内の名が出たに違いない。

「閻魔堂さんは易者《えきしゃ》ですもの、些細《ささい》な事実から、何かを読むのでしょう」

綾はそう言ってみた。

「はあ、なるほど、それはあり得ますな」

佐内は納得したようなしないような顔で頷いた。

「わしは、今は頑固で旧弊《きゅうへい》な田舎医者ですがね。これでも若い時分は、いろいろ放浪したもんです。十八、九のころに蘭方医を志し、田舎から出て来ました。そんな時に、大石直兵衛《おおいしなおべえ》どのと知り合うた」

「まあ、父がまだ江戸にいたころですね！」

「そう、父上はすでに、名の知れた蘭方医でした」

綾の瞼《まぶた》に刻まれている父の面影は、たぶんそのころのものだろう。

「わしは、父上が副塾頭か何かでおられた蘭学塾に通いましてね、随分といろいろ教わったもんです」

「え、それは……もしかしたら大観堂《だいかんどう》学塾ですか？」

「おお、さすがにご存知ですね」

佐内は満足そうに頷いた。

「そう、麴町《こうじまち》は貝坂《かいざか》の、高野長英《たかのちょうえい》の私塾ですよ。そこでわしは、大石直兵衛どのと出会うたんです」

「父と……」

いきなり目前に、父が現れたようだった。

「直兵衛どのは三十五、六の男盛りで、たまに講義もしておられました……。実に魅力的なお方でして、他にあんな人物は知りませんよ。わしは一年ほどで辞めちまったが、直兵衛どのには、それはいろいろ世話になったんです」

「どうしてお辞めになったんですか？」

思わず訊くと佐内は軽く笑い、眼鏡を外して、丸い目を指の先でこすった。

「それはまあ、いろいろあるですわ」

それからふと立ち上がって、縁側から庭に下りた。少し離れて立つ榎の枝の葉はまだ若く、葉を透《す》かして、柔らかい春の空が見えている。

「ちょっとこの木を御覧なされ」

とそのそばに立って、上を仰いだ。

「綾さんなら知っておられようが、榎の木は、薬効が凄いんですよ。樹皮を天日で干して煮出すと、血をサラサラにする薬になる。風呂に入れれば、血行が良くなる」

「ええ、父は赤い実を漬けて、エノキ酒を作っておりました」

「さすがです。そうそう、枝はよく燃えるし、無駄なところがまるでない。わしは蘭方をやっておって、逆に漢方の良さに気づいた者でしてな」

当時、薬研堀《やげんぼり》に昆泰仲《こんたいちゅう》という、蘭方医がいたのである。小石川養生所《こいしかわようじょうしょ》の本道《ほんどう》（内科）をつとめており、蘭学に傾倒しながらも、草根木皮の恵みを忘れぬ、質実剛健な医者だった。

「わしはその先生に惹《ひ》かれ、薬作りが面白くなってきたんです。それが、まあ、塾を辞めた理由の一つですかね」

「…………」

「それと、あの塾に通ってるのがバレて、伯父から生活費《かね》が来なくなっちまった、ははは……。直兵衛どのが助けてくれなければ、家賃も払えなかったですよ」

菊川のこの家は遠かったので、当時は、芝金杉橋の遠縁の家に居候《いそうろう》していた。生活費は伯父が送ってくれる幾ばくかの金だったが、それではとても足りないため、小遣い稼ぎに、ある施設の巡回医をつとめていたのである。

「綾さん、〝品川溜《しながわため》〟ってご存知で？」

と、佐内は声を改めた。

「品川溜？　ええ名前だけは……」

と綾は頷いたが、急いで頭の中からおぼろな記憶をかき集めた。

〝品川溜〟とは、小伝馬牢《こでんまろう》で病気になった囚人のための病監《びょうかん》であり、同時に、重罪を犯して遠島刑《えんとうけい》を言い渡された少年囚を、十五歳に達するまで預かる少年監でもあったと。

こうした施設は浅草にもあり、〝浅草溜〟と呼ばれている。

もともとが行き倒れや、無宿人や、病者を預かるために出来た施設なので、小伝馬牢よりはるかに清潔で、規律や罰則などもゆるやかだったという。

場所は、南品川と大森《おおもり》の中間くらいにある鈴ヶ森《すずがもり》の近く。運営支配しているのは、品川が非人頭《ひにんがしら》の松右衛門《まつえもん》、浅草が同じく車善七《くるまぜんしち》。役人はすべてその手下だった。

ただ毎日一回、回診する医師がいたが、これは町医が務めた。

その診察はまことにおざなりで、型通りに脈を診て薬を出すだけだったから、見習い医師でもよかったのだ。

しかし佐内は丁寧に脈を診て問診も行うし、処方薬もよく効いたから、評判が良く、感謝されていたという。

「いやいや、そんなことはどうでもいいんです」

と佐内は縁側に腰を下ろし、いつの間にか運ばせた酒を茶碗に注いで、ゴクリと呑んだ。

「話はこれからなんでして」

三

その日、夕方までの昼勤務だった佐内は、四つ（午前十時）前に溜屋敷に出向いた。

詰所で白い診療衣に着替えていると、溜掛手代と呼ばれる老世話役がやって来て言うには、

「先生、門前に行き倒れがおってのう。死なれちゃ厄介《やっかい》だから、ちと診《み》てやってもらえんかね」

今朝未明に掃除係が門前で発見し、負傷していて動けないので、とりあえず庭内の番小屋に収容した。

明け番の医師が起きてくるのを待って、診てくれるよう頼むと、

「行き倒れ？　放っておけ。わしらが診るのは、小伝馬町から回されて来た囚人だけ

だ。奉行所の許可なしには何も出来ん」

と杓子定規《しゃくしじょうぎ》に言い放ち、朝飯を食べて帰ってしまったという。

たしかに溜は、奉行所から回される囚人が対象だった。

ただ、刑が確定した囚人だけでなく、昨今では〝吟味中《ぎんみ》〟の者も預かるようになっている。

それを拡大解釈すれば、行き倒れは、これから吟味に回される者と考えてもいいのではないか。仮に担当外でも、身近で苦しむ病者は診てやるのは医者のつとめ……と佐内は考えた。

「よし、診よう」

と佐内は、診療に必要な物の入った薬箱を手にした。

「先生……その者はまだ子どもなんですよ」

と手代は後ろを歩きながら説明した。

「今朝、近くの八百屋で、開いたばかりの店先から人参《にんじん》や林檎《りんご》を奪ったそうで。腹が空いてたんじゃろう」

溜屋敷に出入りの商人が一部始終を見ていて、報告を入れたらしい。

それによれば、盗人は若い衆に見つかって袋叩きにされたが、まだ子どもなので自身番には突き出されなかった。

「では、どうしてここへ？」

「誰かが、言ったんじゃろ。何か食わせてもらえる所と勘違いして、時々、浮浪児が来るんでさ」

そんな経緯で収容された少年は、この手代にあれこれ訊かれても、名前はコウ太、年は十四……としか答えなかった。

行ってみるとなるほど、粗末な寝具に横たわっているのは、十三、四に見えるほっそりと痩せた少年だった。

殴られて目が腫れており、唇から血を滴《したた》らせている。

よほど歩き回ったと見え、草鞋《わらじ》は脱げて足袋《たび》だけで、脛巾《はばき》も袴も血と泥で汚れている。だが大まかな触診の結果、急ぎ手当てをするべき主訴は、右足首の捻挫《ねんざ》と見た。

応急措置はしてあるが、腫れ上がっていかにも痛そうだ。

「よし、まずは湯殿に運んで全身を清潔にし、着替えさせろ。治療はそれからだ」

佐内の指示に、手代は準備のためすぐに出て行った。

「どうした、坊主、家出でもしたか」

と佐内は軽口を叩いた。励ますつもりだったのだ。

するとその時、思いがけないことが起こった。痛みや不眠などで半ば朦朧《もうろう》状態にあると見えていた少年が、いきなり口をきいたのである。

少年は佐内が胸につけている名札にじっと視線を向け、

「加古川先生ですね、自分は、大石幸太郎《こうたろう》です」

と言った。低いがしっかりした声だった。

(大石……？)

佐内はギョッとして少年の細い、泥に汚れた顔を覗き込み、その奥に父直兵衛の凜々しい面影を見た。あの先輩の……？

前に高野長英の事件が起こり、江戸を追われる身となった時、弟子の直兵衛は師を守って一人の役人を斬っていた。

捕まれば処刑されるのは間違いない。

佐内はその時すでに塾は辞めていたが、何か自分に出来ることがあれば、と手を尽くしてその消息を聞き回ったのである。

消息は掴めなかったが、無事に江戸を脱出したことを知った。

その後は、密かに江戸に戻って、医者をしながら幸せな家庭生活を送っている、と人づてに聞いていた。

だが今、その子息の傷ついた姿を見て、そんな家庭像が音を立てて崩れた。なぜ幸太郎だけがこんな姿で今ここにいるのか？

類推《るいすい》する限り、おそらく今の隠れ家が見つけられ、一家が離散したに違いない。

「直兵衛どのはどうなされた？」

咳払いして、低く訊いた。

「父上は……」

と声が震えた。

直兵衛はその日、弟子の善蔵《ぜんぞう》と幸太郎と共に、商人姿に身を窶し、赤坂は銭取橋《ぜにとりばし》近くの裏店を出たという。今思えば、十年以上も前のことである。

幸太郎が足の痛みを訴えたのは、浅草橋から浅草を抜け、日光街道を北に向かって急いでいた時である。

父親の見立ては捻挫だった。

三人は近くの茶店で休息し、直兵衛はすぐに息子の応急措置をした。それから善蔵と何やらひそひそ話していたが、茶店を出ると、方向転換した。

行き先を変えるという。

驚く幸太郎を、江戸へ向かう駕籠を拾って乗せ、父と善蔵は徒歩で後を追い、最寄りの河岸まで行った。

そこから舟を乗り継いで、品川へ向かったのである。

品川で善蔵と別れ、再び幸太郎を駕籠に乗せ、父と子は暗くなってから大森に到着した。そこには、こんな不測の事態に遭った時、安全に一夜を過ごせる味方の商人宿があったのだ。

すぐに湯を浴びて夕食を済ませると、父はまた捻挫の手当をして、今夜はゆっくり寝め、と屯服《とんぷく》を呑ませた。

まだ幸太郎がうとうとしているうち、父はどこかに出て行った。気になって眠れないでいると帰ってきて、書き物を始めたのである。

幸太郎はようやく安心し、夢も見ずに朝までぐっすり眠った。

翌朝、まだ薄暗いうちに目を覚ました時、隣の布団に父の姿はなかった。すでに旅立っていたのである。

枕元に杖がわりの棒が一本と、多少の路銀と、手紙が置かれていた。急いで開封すると、

「これ以上、お前を連れていけない」

という文章が目に飛び込んで、目の前が真っ暗になった。さらに続く文章から、父

の鎮痛な声が聞こえるようだった。

「……行先を大森に変えたのは、この町に〝品川溜〟があるからだ。それは鈴ヶ森の近くにあり、お前の足でも歩ける距離だ。お前はそこへもぐり込んで、しばらく隠れておれ」

父は善蔵に、品川溜の場所などを調べさせていたのである。

調べを終えて大森にやって来た善蔵は、安全のため別の旅籠に泊まった。昨夜そこまで直兵衛が訪ねて行き、報告を聞いて、決意したという。

しかし……と幸太郎は悩んだ。

〝そこに隠れておれ〟とは、どういう意味か？

絶望的な気分で幸太郎はその先に目を走らせた。

「溜には十五歳以下の少年囚と、病囚が収容されている。そこに通いで来ている牢医の一人は、加古川佐内といい、私の後輩だ。善蔵が調べたところでは、一日置きに日勤と当直を繰り返している。この医師に会って、私の名を言えば、良きように計らってくれるだろう。

ただ入れるのは病気の囚人で、十五歳以下の少年囚は優先される。

お前は十四と偽り、何とか病人として収容され、牢医佐内の治療を受けるのだ。ここで療養しながら、私の連絡を待っておれ。

私は落ち着き先が決まったら、佐内を通じて連絡を入れる。

なお、この手紙は読み次第、必ず焼き捨てるように」

これが父との最後の交信となった。

「その日は父上の置いて行った杖をつき、痛む足を引きずって、品川溜を探しましたよ」

と幸太郎は続けた。

溜屋敷はすぐ見つかったが、どうしたら〝入牢〟できるのか、見当もつかない。逃亡途中で歩けなくなった息子が足手纏いになり、溜に捨てることを思いついたのだろう。

幸太郎が考えついたのは、門前で行き倒れになることだった。倒れても生きていれば、やむなく中へ担ぎ込んでくれよう。

「だけど自分は勇気がなくて、一昼夜、近くの山林を彷徨《さまよ》った……。足はどんどん腫れて痛むし、空腹で目まいがした。そんな朝、誰もいない八百屋の店先で、美味そうな人参を盗んだ。なに、どうなっても構うもんかって……。中から飛び出して来た人にさんざん殴られて。フラフラしながら溜屋敷に戻って、本当に行き倒れちゃったんです」

「ほう、それは良かった」

「先生と会えて、嬉しいです。だけど、父上に捨てられたと思うと……」

と幸太郎は声を忍ばせて泣いた。

「それは違うぞ」

とその時、思わず佐内は言っていた。

「いや、坊も、本心では分かっていよう。直兵衛どのは負傷した坊を見て、悔やんだのだ。まだ若い我が子を、自分の運命の巻き添えにしたことをね。息子には、息子の人生を歩かせなければならんと」

それで閃《ひらめ》いたのが、品川溜だったのだ。

ここはある意味で安全だし、佐内さえいれば、当面は隠れられる。そう考えて、善蔵に詳細を調べさせたのだろう。

余人には考えつかぬ奇策だった。足が癒えるまで、ここに預かってくれという直兵衛の強い意思を、その場に立ち尽くした佐内は全身に感じ取っていた。

「坊、もう心配せんでいいぞ」

と佐内は言った。

「この佐内が何とかするから、当分ここにおれ」

四

「まあ……」

じっと聞いていた綾は、信じられないような声を揚げた。

「父様は、何て無謀《むぼう》なんでしょう。妹の私から見たら、兄様は優秀なお人ではあったけど気弱で、あまり人とは馴染めないようなところがあったんです。そんな子を、悪童ばかりの中へ放り込むなんて……」

綾には優しくて、小言一つ言ったことのない父だった。だが幸太郎にはかなり厳しく躾けたことは、いつか母からも聞いたことがあった。

「いや、そこが直兵衛どのの、直兵衛どのたる所以《ゆえん》です」

と佐内は笑った。

「ここで悪に染まりたければ、染まるがいいと思ったんでしょう。その強さが無ければ生きられないと。その意味で、直兵衛どのは、坊を一旦放り出そうとしたのかもしれんのう」

佐内はその日のうちに、手代を通じて、新入りの病者のことを奉行所に申し出た。すなわち、今朝がた〝十四歳〟の浮浪児が溜屋敷の門前で行き倒れており、足を痛めて動けないいため、屋敷内に預かったと。

その子は近所で野菜を盗むなどの窃盗行為を働いており、余罪があるやもしれず、足が癒え次第、奉行所のお裁きを受けることとしたい……。

真摯《しんし》なその内容で、奉行所から〝吟味中〟の計らいを認められた。

折から近海に外国船が出没し始めており、奉行所はその打ち払い等で忙しく、一浮浪児のことなど眼中になかったのかもしれない。

「で、兄様は、どうなりまして？」

と綾が乗り出した。

「ははは……、あの子は弱そうに見えて、そう柔《やわ》な子じゃない。他人が嫌がることを、進んで引き受けるところがあったんで、あまり虐《いじ》められもしなかった」

収容されている子の多くは、十五に達すると、島へ送られる運命にある。その恐れからかじっと黙り込んで口をきかない子や、仲間を作って暴れたり虐めたりで、手のつけられない子もいた。

その点、幸太郎は十四と偽っているが、実際は数え十六。物知りで落ち着いていたから、周りの子が物を訊くようになった。

やがて読み書きを知らない子に、字を教え、筆の持ち方、墨の摩《す》り方まで教えるようになった。すると大人の囚人にも、手紙を読んだり書いたりしたいと、習いに来る者がいた。

「奉行所からこれといったお裁きもなく、坊は一年もこの溜におったんですよ」

「一年……」

それは長いのか短いのか。

幸太郎がそこに居続けたのは、父からの連絡を待ってのことだろう。だが一年待っても、連絡はなかったのである。それを考えると、茫々《ぼうぼう》と流れた無為《むい》の時間だったか、と綾は思いやった。

ただ、十五を過ぎても身元引受人がいなければ、十八まで居られる。

幸太郎はもっと待ちたかったようだが、佐内は菊川で医院を営む伯父に身元引受人になってもらい、幸太郎をここから出した。

幸太郎を娑婆《しゃば》に出し、医者として一人前になるまで医術を学ばせようと考えたのだという。

「……で？　それからどうしました？」

　と綾は先を促した。

「兄はこの家で、勉強させて頂いたんですか？」

　その声は少し上ずっていた。そのころ綾たちは、佃島《つくだじま》にいたのである。

　佃島はここからは、目と鼻の先。母はまだ生きていたから、もし会いに来てくれたらどんなに喜んだことだろう。複雑な思いが胸にしこった。

「そうわしは願ったんだがのう」

　佐内は首を傾げた。

「現実はなかなか、思うようにはいかんものです。坊は五、六日はここにおったんだが……。おそらく父上のことを考えたんでしょう。行き先は言わぬままに……」

　佐内は言い淀んだ。

　綾は目を逸《そ》らし、榎の枝を透かして見える遠い青空を仰いだ。

　瞼の奥をまた、流れ去った茫々たる時間が流れた。

　兄様と別れた時、私は十一。あの日、お雛様の宴に招ばれていたから、少しおめかししていたっけ。

「父上が呼んでるから、帰ってもらいたい」

とその家まで迎えに来た兄の、いつもは静かな眉を吊り上げた、青ざめた顔が浮かぶ。

兄に少し遅れて駆け戻ると、よほど急ぐことがあったのだろう。そこにはもう虚脱したような母親しかいなかった。

表通りまで走り出ると四つ辻に、雛の日の、明るい春の陽が踊っていた。もう会えないかもしれない、とその時思った。

今もまたそう思う。

今は道ですれ違っても、もう互いの顔さえ分からないに違いない。

そんな遠い思いから我に返り、綾は深く頭を下げた。

「先生、有難うございました」

この医者の善良さのおかげで、兄様は救われ、自暴自棄《じぼうじき》になるようなことはなかったのだ。そう思うと有り難く、

「初めて知るお話ばかりで、兄様に会っているような気がしました」

と自然な微笑が広がってくる。

「いや、とんでもない。大してお役にも立てず……」

佐内は首を振った。

「あれから、元気だという便りを何度かもらったんだが、場所を書いておらん。返信も出来んでのう。父上と会えたかどうかも分からんままじゃ、綾さんももどかしかろうのう」

「いえ、あまり沢山の事を一度に聞いたら、混乱しちゃいますもの。このお話を伺っただけで、充分です。ええ、お話伺って、今もどこかでちゃんと生きているような気がします。当分は……」

当分は、父や兄を懐かしんで涙することもないだろう、と言いたかったのだが、ふと涙ぐみそうになった。

「直兵衛どののことは……ご存知ですな？」

遠慮がちに佐内は、酒の入った茶碗をすすめて問う。

「はい、詳しくは知らないんですけど、何年か前に、逃亡先で亡くなったと……」

綾は目の前の茶碗を手にし、一口啜った。

その時、廊下を急ぎ足でやって来る足音がして、先ほど取り次いでくれた弟子が姿を現した。

「あの、玄関に千吉という篠屋の使いが参りまして、綾さんに伝えたいことがあると

「……」

「あら、何でしょう？」

千吉がここまで来るとは、何か悪いことがあったのか、と綾は思わず腰を浮かした。

「あ、それを、手前がここでお伝えします。ええと、薩摩屋敷での会談は成功し、明日の江戸攻撃は中止になったと……」

「わあ！」

と綾は喜んで手を打った。

「その千吉は、先ほど舟で送って来てくれた者で、奉行所の下っ引なんですよ。あのまま八丁堀に向かったから、そこで攻撃中止を知って、すぐに知らせに来たんでしょう」

「おお、気の利いた若者だ」

と佐内も立ち上がって、弟子に言った。

「庭を回って、ここに来てもらいなさい。もっと詳しい話を聞きたい」

佐内は心付けを渡したいらしく、しきりに懐を探っている。

「あ、それが、要件を言うとすぐ走り出て行きまして。舟を河岸につけたままなので心配だそうで、船着場で綾さんを待っていると……」

五

〝江戸総攻撃は中止〟の報が、知れ渡ったからだろうか。

夕暮れの大川には、心なしいつもより船が多いようだ。

ギシギシギシ……と櫓漕ぎの音を響かせ、多くの船が上り下りして、広い川は混み合っている。

綾は、川を上がっていく舟の揺れに身体を預け、暮れていく空を眺めながら、つい今しがた別れたばかりの佐内を思い出していた。

佐内の穏やかな顔は、閻魔堂の顔に繫がって行く。

「どこにおるのか、わしも少し調べてみますよ」

と言ってくれたが、江戸ではないような気がしている。

それにしても兄様がこんな近場にいたことがあるとは、初めて知る衝撃の事実だった。同じ時期、自分たち家族は佃島にいたのに、会いに来なかった。そのことを佐内にはとても言えなかった。

菊川からなら、舟で半日で往復できる距離に違いない。

なぜ会いに来てくれなかったのか。なぜすぐ背を向けて、そそくさと遠くへ行ってしまったのか。

兄様はその時、こう考えたのだろうか。

(祖母や母や妹に会ってしまったら、もう島を出られなくなる)と。

父の厳しさに比して、母のお袖《そで》には、優しく包み込むような磁力《じりょく》があった。その優しさ暖かさに触れたら、自分の心は溶けてしまうと……。

だが兄様には、残された家族を守る選択もあっただろう。

待てど暮らせど父から連絡がなかったことにも、そんな意味があったかもしれない。

足が癒えたら、佃島へ帰って、家族を守れと。

(一体、兄様は、何をそう急いでおられたのか)

綾はふと、恨みたい思いに囚《とら》われる。

若い兄様の目にはもしかしたら、前しか見えていなかった？ 遠く遥かに、自分だけに見える花が映っていたのかもしれない。

どうであれ、今はそんなことも、遠い昔の話になってしまった。今はどこにいるやら、見当もつかない。

岸の方で、ボーンと花火を上げるような音がした。

明日に決まった戦が中止になったと知り、誰かが洒落《しゃれ》で、お祭りの花火を打ち上げたのだろうか。

暮れていく空から目を岸辺に移すと、川ばかりか陸でも心なし空気が和《やわ》らぎ、人出が多いように見える。

「何だか戦に勝ったみたいね」

と綾は笑った。

「江戸っ子は気が早《はえ》えからな」

と千吉も岸を見はるかして苦笑した。

その時すぐ横を、すれすれに下って行く屋根船があった。

船には二、三人の武士が乗っており、たぶん酒を呑んで、手拍子で唄っているらしい。すれ違いざま、トンヤレ節の一節が、耳を掠《かす》めた。

「音に聞こえし関東サムライ、どっちへ逃げたと問ふたれば……」

どっと沸く笑声が聞こえる。

すれ違った一瞬、その船内をチラと見た綾の目に、一人の武士の横顔が映った。もう日暮れが近く、船の中は薄暗くて、武士の顔は影絵のようでよくは見えない。

だがどうしたことか、少しこちら向き加減のその横顔が、綾にはくっきりと見えた。

凛々しい眉と、面長な顔、憂鬱そうに遠くを見る目。

(あれは……)

「千さん！　今すれ違った船だけど……」

と思わず口走った。振り返ろうとした。あの舟を追いかけて、と言いたかったのだが、声が震えて言葉にならなかった。

そう簡単に、方向変更なんて出来っこないのは分かっている。

だが頭が混乱していた。

(振り返っちゃだめ……)

ととっさに思った。振り返ったら恐いものを見てしまう……と思ううち、船はどんどん遠ざかっていく。舟が少し揺れ、戸惑いの声が返って来た。

「え、何……、あの船がどうしたって？」

「いえ、御免なさい、何でもないの、知り合いがあの船にいたように見えただけ……」

綾は目眩《めまい》がして、顔を両手で覆った。

(私はどうかしてる……)

佐内宅で、一口呑んだ酒がいけなかったようだ。情けないやら悔しいやらで、今までこらえていた涙が、堰《せき》を切ったように溢れてきた。

頭上をカラスが群れをなし、鳴きながら寝ぐらへと帰っていく。

千吉はそれきり何とも言わず、船はそのまま何事もなかったようにゆっくりと進んだ。両国橋の下を通ると、左手の神田川へと入って行くのだが、そこで千吉が櫓を漕ぐ手を止めて初めて言った。

「綾さん、もう一回りしようか？」

上流からの川風に、どこから飛んで来るやら、白い花びらが舞っている。あらかたの花は散ったはずだけど、まだ咲き残っている花がこれほどもあったのだ。

そんな思いに、わけもなく心が和んだ。

綾は神妙に言った。

「ああ、千さん、有難うね、もう大丈夫……」

第五話　春告げ鳥

一

　その日、深川にある唐津《からつ》屋敷の小笠原長行《おがさわらながみち》のもとへ、突然思いがけぬ者が訪ねてきた。

　折しも庭の桜が満開の、慶応四年（一八六八）三月三日。

雛の節句の午後だった。

「殿、唐津から、御使者が参っております」

離れの背山亭《はいざんてい》にいる主君に、襖の外から若い近習《きんじゅう》が声をかけた。

「ん、唐津から？」

おうむ返しに言って、長行は顔を上げた。

「はい、御使者は、長谷川清兵衛《はせがわせいべえ》殿にございます。上屋敷にも寄らず、まっすぐにこちらへ来られたそうで……」

「ほう、清兵衛か」

「お疲れのようでございましたから、今少し休んで頂いておりますが、ご本人は一刻も早い目通りを望んでおります」

「うむ。まずは休ませて、粥《かゆ》などとらせよ」

名を聞くと長行は何度も頷いていて、静かに言った。

若い近習はその者を知らない。だが長行にとっては昔よく苦労をかけた老臣《ろうしん》であり、ここにも何回か来ているのだが、もう十年近く会っていない。

「落ち着いたら奥の間に通せ」

奥の間とは、気の張らぬ客人と呑み交わすための、この背山亭にある唯一の客間だ。それは長行が今いるこの書斎の、すぐ隣である。

「はっ」

近習が去る気配が、一陣の風が吹き抜けていくように思われた。

(来るものが来たか)

開け放った濡れ縁まで出てしゃがみ、庭の桜を眺めた。

小笠原敬七郎《けいしちろう》長行、四十六歳。老中を辞任してから二か月、ここに引き籠もって漠《ばく》然《ぜん》と我が身の処し方に思い屈するうち、今年もはや桜の季節である。

風はそよとも吹いていないが、桜木は、内奥から満ちてくる気の流れを感じてか、一ひら二ひらと花びらを散らしている。

この季節、朝に夕に愛《め》でていたが、今は目の前に咲く桜が、初めて見るように感じられた。

満開の桜木は、命の華やぎを謳歌《おうか》する姿と今までは見えていた。だが今は少し違う。我が身の移ろいを知り、滅びを従容《しょうよう》として待つ姿と、目に映《えい》じるのだった。

ふと思い浮かんだ句は、芭蕉《ばしょう》だったか。

「初桜　折しもけふは能《よ》き日なり」

これは今日起きてから初めて見る初桜、今日は良き日に違いない。

長行はこの正月まで、小笠原壱岐守《いきのかみ》として老中をつとめていたが、老中と外国事務総裁の重職を、二月十日に辞任した。

「多病にして任に絶えず」

という名目だった。

これが聞き届けられるとすぐ、八重洲《やえす》の役宅を引き払って、この深川高橋《たかばし》の下《しも》屋敷に閑居《かんきょ》したのである。

このひと月は、まさに旧幕府の断末魔《だんまつま》の時だった。

全旗本が何度か城に招集され、恭順か徹底抗戦かを巡って、大評定が繰り広げられた。その席で、これまで老中を凌ぐ先見性を持って幕府を牽引《けんいん》して来た小栗上野介《おぐりこうずのすけ》が、〝お役目御免〟となった。

主戦論を説いて慶喜公に迫り、勘気《かんき》を被ったのである。

勘定奉行を解かれ一介《いっかい》の幕臣となった小栗は、群馬権田村《ぐんまごんたむら》への帰郷を望んで、許された。

長行は昨年から辞任を考えていたのだが、小栗の経緯《いきさつ》を逐一《ちくいち》見ていたことで、背を押されたように感じた。

盟友とも頼む小栗の存在が、どこかで長行を政権に繋ぎ留めていたのだが、その小栗が去っては、そこはもう空洞でしかない。

自分はこれまでだ。この世は夢だ。

今までは唐津藩主長国《ながくに》の養子として、世子《せいし》（次期藩主）の立場にあったが、それも虚《むな》しい思いに駆られて辞し、一家と少数の家臣を引き連れて、ここへ引っ越してきたのだった。

自らは昔から親しんできた屋敷内の離れ家『背山亭』に起居し、この茅葺《かやぶ》き屋根の下に、静かな日々を取り戻そうとした。

少しなりとも取り戻したか？　と問えば、そうではない。

在職中は、三度にわたって老中の座に就き、二度の謹慎蟄居《きんしんちっきょ》を被った者に、そんな穏やかな日々は望むべくもなかった。

日々、家臣から情報を伝え聞くにつけ、幕府崩壊の炎風《えんぷう》と黒雲の渦を、ひしひしと肌に感じずにはいられないのだ。

長行は、近習に再び呼ばれ、そんな空気を振り払うように立ち上がった。


「よう、清兵衛、生きておったか、よく来た」

正座してポツンと待っていた清兵衛の前に、長行はどっかと座り、懐かしそうに声をかけた。

「ははっ、若殿、お久しゅうございます。清兵衛めにございます」

清兵衛は畳に頭をすりつけ這いつくばり、声を震わせた。

込み上げる感情を、何とか堪《こら》えるような声である。

「今さら申すようでございますが、あの行若様《みちわか》が、ほんにご立派になられましたのう。このうららかな春の節句に、お健《すこ》やかな若殿に御目通りが叶い、まことに祝着至極《しゅうちゃくしごく》に存じまする」

その挨拶を大仰《おおぎょう》に感じ、長行は内心苦笑したが、思えば老中になってから会うのは、これが初めてではなかったろうか。

（そういえばこの清兵衛もそろそろ六十に近いか）

白いものが多くなった髷《まげ》と、ひと回り小さくなった姿を見ると、ついそんな現実に迫られる。

「遠方からよう来よったのう。船か、徒行《かち》か？」

「はっ、大坂までは船で参り、そこからは駕籠に揺られ、あるいは徒行で、何とか東海道を下って参った次第でござります」

昨夜は川崎宿《かわさき》に一泊した。今朝は渡し舟で多摩川《たまがわ》を渡り、船着場で駕籠に乗り、品川、八丁堀と乗り継いで来たという。

「ふーむ、相変わらず矍鑠《かくしゃく》たるものだな。よう来たよう来た。まずは一服してゆるりと致せ。小太郎《こたろう》、茶道具を持て……」

長行もいつにない上機嫌で、そばに控える近習に命じた。

昔から好んでいる唐津焼の茶器で、茶を自ら点《た》て、人に振る舞うのが何よりの趣味なのだ。書見《しょけん》の前など自分一人の時は、静かに唐津茶碗を撫でて楽しみ、そこに茶を点てて呑む。

地味な色合いの唐津茶碗には、お薄《うす》の緑がよく映える。

「して、東海道はどうであったか」

「それは騒々しゅうございましたぞ。どこの軍とも知らぬだん袋に筒袖《つつそで》の兵士らが、銃を肩に掲げ、何やら歌って行軍する隊列に、あちらこちらで出会いましてございます」

ようやく清兵衛は自分を取り戻し、顔を上げた。

以前より痩せて少し骨ばっていたが、精悍《せいかん》さの残る顔に血の色を漲《みなぎ》らせ、いかに今の江戸が穏やかならぬ空気に包まれているか、縷々《るる》述べ立てるのである。

「うむ、よう分かった。で、清兵衛、唐津におわす藩主どのは、予《よ》に何をせよと言付けられたのか？」

とズバリ本題を促した。

「ははっ、それでござります」

清兵衛は威儀《いぎ》を正し、一礼した。

「殿は、若殿の御身《おんみ》を、たいそう案じておられまするぞ。ご老中を退かれて、はや二月《ふたつき》になりましょう。この時節、いずれこのままではすみませぬ。お見受けしたところ、この下屋敷はたいそう広大に見えまするが、老中屋敷ほど、防備に長《た》けてはおりますまい。何時《いつ》、賊に襲われるやもしれず、危険この上ござりませぬ。また時節柄、唐津に於いても、何時なんどき防御の陣を張ることになるやもしれず……。熟議の末、先の見えぬ折、ひとまず帰国なされ備えを固めてはいかがかと、このように仰せでござりまする」

「その仰せ、至極ごもっともだ」

「手前どもも、若殿が唐津に帰られましたら、いかばかり心強いことでございましょう」

「ふむ……」

「若、緊急を要しまするぞ。猶予《ゆうよ》はございませんぞ！」

「いちいち尤《もっと》もだ」

長行は大きく頷いて、腕を組み直した。

「実は予も、ここ暫《しばら》く迷うておったのだ。江戸も江戸城も、今は、目も当てられぬ混乱だ。いずれ薩長《さっちょう》が攻めてくれば江戸の町は火の海になろう……。これは自明のことだが、その時どこに逃げたらいいか、予には今もって名案が浮かばんのだ。清兵衛、予が帰るべき場所は、やはり唐津であるかのう」

「それしかござりませぬ。この清兵衛が、お迎えに上がりましたのは、命に代えてお護り申し上げる所存にござりますゆえ……」

清兵衛の燃えるような目に必死なものを読み取り、長行は納得したように頷いてみせた。

「慶喜公の追討令《ついとうれい》はとうに出されたが、現在、上野寛永寺大慈院《だいじいん》に謹慎中……。主《あるじ》のおられぬ江戸城は、〝錯乱《さくらん》の極み〟と聞いておる。諸侯には、先の道筋が見えておらんお方が多い」

会津公松平容保をはじめとして、多くの藩主は、早々と国に帰り、戦備を整えている。

だが慶喜助命と徳川存続を朝廷に哀訴《あいそ》するため、京に上った藩主もいたのである。志を同じくする諸侯の上書《じょうしょ》を持って京入りしたが、この町は〝錦切《きんぎ》れ〟で沸《わ》きかえる新政府軍の巣窟だ。

たちまち見咎《みとが》められて、軟禁《なんきん》され、官軍支持の念書に署名させられたと聞く。

(何とも恥晒《はじさら》しよのう)

と胸の中で呟く。これが小栗なき後の現状であろう。

「よかろう」

と長行は大きく頷いて、きっぱりと言った。

「予はそちと同道致す。ただし家族は置いていく」

「有難きことにござります！」

清兵衛は安堵《あんど》したようにひれ伏した。

「時が過ぎれば、江戸もまた落ち着きましょうぞ」

「ただ、そちが言うように東海道はすこぶる危険だ。船で参りたいが、藩船は今どこにおるか？」

「はっ、上様が京から船で戻られたばかりで、ただ今はあいにく唐津でござりました」

「ふむ……」

長行は思案するように俯《うつむ》いていたが、おもむろに顔を上げた。

「懇意《こんい》にしている出入りの商船なら、何とかなるやもしれん。すぐにも使いを出して当たってみよう。明後日の朝には出航したい」

二

「時に清兵衛、今夜の宿は?」

「はっ、今夜はこのままこちらに草鞋《わらじ》を脱がして頂き、上屋敷には明朝、挨拶に参ろうと考えてございます」

「それは重畳《ちょうじょう》。ゆっくり致せ」

そこへ近習が、唐津焼きの茶道具と熱い湯を盆に乗せて、静々と入って来た。

長行はすぐに受け取り、手ずからお薄を茶碗の中に点て始める。

馴れた手付きで手早く清兵衛にすすめると、客人は感激したように茶碗を手にとった。

小栗のことが、頭に甦っていた。

すでに一家を挙げて旅立ったと聞くが、権田村には無事着いたろうか。自分も行くべきところに行くしかない。

「今宵は雛の節句でもある。このあと、軽く一献《いっこん》参ろう」

「いえ、滅相《めっそう》もございません。明後日の出発とあれば、乗船は明日の夕方となり、ご準備もございましょう」

「なに、予も今は一介の藩士、さしたる荷もない。そちこそ長旅のあとで、早く寝《やす》みたかろうが、まあ、ちと付き合え、抹茶で茶を濁すわけにはいかんぞ」

そして近習に向かって言った。

「一服《いっぷく》したら酒を頼む。ここにおる清兵衛は、唐津では三本指に入る剣客にして、唐津一の酒仙《しゅせん》だからのう」

「またご冗談ばかり……」

「予はこの清兵衛に剣でしごかれ、よく泣いたものだ」

「またまた。若のやんちゃぶりには泣かされましたぞ」

「ははは。小太郎、今宵は厨房に命じて、美味いものを誂《あつら》えさせよ。江戸前の穴子《あなご》の蒲焼《かばや》き、蛤汁《はまぐりじる》、それと叩《たた》き牛蒡《ごぼう》、江戸前のちらし寿司があればいいが。それと……」

と言って口調を変えた。

「まだここだけの話だが、予はこの清兵衛と国に帰ることにした。で、急ぎの頼みがある。船便の算段だが、これから書状を書くので、弥次郎《やじろう》に使いを頼んでほしい」

驚いて何か言いたげな小太郎を制し、立ち上がって書斎に入った。さらさらと一通

の短い書状を認《したた》めて、戻って来ると、

「これを、弥次郎に渡して、この宛先に届けさせよ。必ず返事をもらって来るように。口外《こうがい》無用のことだ」

念を押して近習に渡すと、改めて清兵衛に向かった。

酒が運ばれて来ると、まずは清兵衛にすすめ、長行は自分も軽く一口呑んで言った。

「時に、藩主どのはご健勝であらせられるか」

二度めの〝藩主どの〟の言い方に、清兵衛は苦笑した。

「はっ、すこぶるお達者にあらせられまする。ただ、一つご無礼を申し上げさせて頂きますれば、〝藩主どの〟と申されるのは、いささか剣呑《けんのん》……」

「ははは、いや、分かっておる分かっておる。ここだけの話よ」

悪戯っぽく笑い、盃を傾けた。相変わらず愚直《ぐちょく》な清兵衛の顔を見ていて、わざと揶揄《からか》いたくなったのだ。

長行が、父長国を、〝藩主どの〟と呼ぶのにはわけがある。長国の二つ年上だったが、立場はその養子なのである。

長行は、前《さき》の藩主小笠原長昌《ながまさ》のまごうことなき嫡子である。真っ当に進めば、今は唐津藩六万石の当主であった。ところがまだ二歳の幼時に、この父に先立たれたことで、人生が一変した。

後を継ぐには幼すぎたし、当主が十七歳以下の若年《じゃくねん》であれば、幕府によって国替される恐れもある。家臣の間で藩論が沸き返り、その結果長行の廃嫡《はいちゃく》が決定した。

幼名を行若と名乗っていた長行を、〝聾唖《ろうあ》〟と偽って後継者から外し、庄内《しょうない》から藩主の弟を、養子に迎えたのである。

ところがこの人は病弱で間もなく引退。

それから松平丹波守《まつだいらたんばのかみ》から長国を迎えるまで、まるで呪われたように四代続いての養子だった。

養子として六万石を継《つ》いだ長国は、当時十七歳。

正統でありながら廃人《はいじん》として扱われた長行は、十九歳。

この時すでに江戸に出ていた。厄介者扱いで息苦しい唐津を逃れ、この下屋敷の背山亭に住まい、部屋住みながら、幾ばくかの自由を手にしたのである。

広大な藩邸の庭を駆け回り、馬術や剣術を身につけた。また一書生として、名のある江戸の学者文人を招いて教えを乞い、ひっそりと、だが旺盛《おうせい》に勉学に勤《いそ》しんだ。

その英才ぶりが、学者らの間で評判となり、持って生まれた才覚をメキメキと発揮《はっき》し始めたのだ。

そのことが世に知れ渡るや、藩内の家臣はおのずと養子派と正統派に分かれ、争いが起こるようになった。

もっとも長行はそうした俗事《ぞくじ》には無頓着《むとんちゃく》で、復帰の夢を抱くこともなかった。江戸で名をなす学者文人と、ひたすら勉学を通じた親交を続けるばかりで、一向《いっこう》に腰をあげようともしない。

結局、周囲が動いて復活運動が起こった。

土佐《とさ》藩山内容堂《やまうちようどう》、佐賀藩鍋島閑叟《なべしまかんそう》をはじめ、何人もの有力者が幕府に働きかけた。ついに幕府が動いて、唐津藩に不審を匡《ただ》したのである。

そしてある日突然、唐津藩から幕府に当てて届出があった。

「敬七郎長行病気全快」

それで長行の復活が決定した。

ただしそのためには、現藩主の養子となり、世子として義父の引退を待つしか道はない。それが、この不自然な関係の意味である。

昔、幼い行若に仕えていた清兵衛は、長行が唐津を離れてからは、新藩主の用人に取り立てられた。

その立場から、〝養子派〟にならざるを得なかったのを、清兵衛は心の奥で詫びている気配があった。

そんな事情を長行は、天の配剤《はいざい》だったのだと思う。

ただおっとりして小太りの、幼な顔に見える長国を父上と呼ぶことに、抵抗がないでもない。長国の前では〝父上〟と呼んだが、長国の居ない所では、〝藩主どの〟だった。

今回、義父長国が、この清兵衛を使者として立てたのは、そんな両者の複雑な心模様を承知してのことに相違ない。

呑むほどに、さすがに清兵衛の酔いは早く回った。

「若は、変わられましたなあ」

と二言《ふたこと》めには繰り返した。

たしかに昔の行若は痩身《そうしん》で、蒼白《そうはく》な顔をし、〝うらなりの君《きみ》〟という陰口がぴったりの、頼りない少年だったのだ。

清兵衛にそれを言われるたび、長行は思い出すことがある。十二歳のころ、老齢の国家老に連れられて、江戸へ上った時のことだ。

時の老中水野忠邦《みずのただくに》に目通りして、小笠原家の異常を訴え、正統を取り戻そうと画策《かくさく》したのである。だが相手にされなかった。

その時の、哀れむような老中の視線が今も忘れられない。

「このような弱々しい子では、たとえ世子でも、とても六万石は支えられまい」とその目は、言っていたのだ。

三

清兵衛は、夢を見ていた。

「おやおや、若殿、今日はどう遊ばしましたか」

と笑いながら訊ねている自分がそこにいた。

あの長行が、子どものころのオモチャだった渋紙《しぶがみ》の兜《かぶと》を被って、夢の中に現れたのだ。

その渋紙の兜には、遠い記憶がある。まだ十《とお》かそこらだった行若が気に入って、剣術の稽古にもそれを被っていたことがある。渋紙を丁寧に折って作ったもので、遠目には本物のように見えた。

「若、兜をお取りなされ。剣術は遊びではない。第一、そんな軽い兜では実戦の役に立ちませんぞ」

　と注意したところ、

「馬鹿だなあ、清兵衛は」

　と言い返された。

「重い兜こそ、実戦には不向きだろう。身を守るためなら、なぜあんな立物《たてもの》（飾り）をつける。自分を強く大きく見せるためなら、紙であってどこが悪い」

　夢の中に現れた殿は、あれから何十年も経っているのに、独特の爽やかな明眸《めいぼう》をこらして、ニコニコ笑っている。

「若、今ごろどうされたのでござります。渋紙の兜など、お役に立ちませんよ」

だが相手は笑うばかりで、何も答えずに去って行く。

若、若……と呼ばわりながら後を追いかけ、我が声で目を覚ましたのだ。長旅の疲れと、安堵のせいだろう。貪《むさぼ》るようにぐっすりと眠ったのはいいが、眠り過ぎて全身がじっとりと汗ばんでいた。

　そしてなぜか、一筋の涙が目尻から流れていた。

　障子を透かして、白い朝の光が滲み入ってくる。

　自分がどこにいるか思い出すのに、一瞬戸惑ったが、天井を見ているうち、昨夜酔っ払って誰かに支えられてここに入ったのを思い出した。

（そうだった）

ここは深川下屋敷の藩士宿舎で、六畳の座敷に、床が敷かれていた。

（寝坊したか）

と跳《は》ね起きて障子を開くと、廊下の板戸がすでに何枚か開かれていて、うららした日差しが差し込んでいる。

今日も美しい桜日和で、すでに五つ（八時）を回っていた。心せいて廊下を伝って洗面所に行き、洗顔を済ませ、身仕舞いを正してから食堂に向かった。

二十畳ほどの大座敷が二つぶち抜きだが、見回してもガランとして誰もいない。窓際に席を取り、黙々と朝食を済ませた。

そして五つ半（九時）。

清兵衛は背山亭の奥の間に正座し、長行を待っていた。

辺りは静かで、庭のヒヨドリの囀《さえず》りが、うるさいほどに聞こえてくる。座敷から見事な桜が見え、風もないのに花びらを散らしていた。

若殿のお出ましはいつになく遅い。

清兵衛は今後の旅程の指示を仰いでから、外桜田《そとさくらだ》の上屋敷まで出向いて、留守居役に挨拶するつもりでいた。

四つ（十時）の鐘を聞いてから、思い切って小姓《こしょう》を呼んだ。

先ほど、この座敷に案内してくれたのは年少の小姓で、昨夜のあの小太郎ではなかった。何か伝達の行き違いでもあったかもしれない、と不安になったのだ。

「殿には、いかが遊ばされたか。そろそろお出ましがあってもいい頃合いだが……」

すると若い小姓は頰を染めて、困ったように眉を顰《ひそ》めた。

「実は手前も不審に思い、いま奥に問い合わせましたところ、殿様は昨夜遅く、お一人でお出掛け遊ばされ、未だお帰りにならず……」

奥でも甚《はなは》だ曖昧《あいまい》で、家臣が心当たりを探しているところという。

「昨夜、お一人で……？」

清兵衛は顔色を変え、思わず膝立ちになった。

「昨日のお小姓はどうした？　小太郎と申したか、何ぞ御伝言があるのではないか」

「いえ、それが……今朝、時間通りに出て参ったら、小姓部屋におられたのですが……」

小姓の顔を見ると、

「殿はすぐ戻られる、案ずるな」

と言い置いて出て行ったきり、戻らないのだという。

「そんなはずはない！　それがしは、唐津の上様から遣わされた使者として、部屋をお検め申し上げる！」

清兵衛は大声で叫んで立ち上がった。

（昨夜の約束はどうなされた？）

（夜のお出ましで御身に何かあったか？）

次々と浮かぶ疑問に、惑乱《わくらん》した。

廊下を走って、長行の書斎と思われる座敷、寝室……の障子を次々と開け放っては、中を覗いた。

見たところどこもよく整頓され、何ごともなく静まり返っている。

（そんなはずはない、そんなはずはない……）

胸の内で唱《とな》えながら、背山亭の表玄関にまで走り出た。

そこで清兵衛はハッと立ちすくんだ。

昨日の午後ここに辿り着いた時は、やっと着いたという安堵と興奮で、玄関飾りなどろくに目に入らなかった。だが今、こうして見回すと、上がり框《かまち》の簡素な四畳半の隅っこに、一対の古びた雛人形がひっそり飾られていたのである。

地元で目にする、おおどかな唐津雛だった。

今は地味な寿《ことぶき》色にくすんでいる女雛の打掛は、昔は豪奢《ごうしゃ》な金色に輝いていたに違いない。長い時を経て、深い色となった衣装をまとったこの一対の内裏雛《だいりびな》は、どこか大陸の伸びやかさを感じさせて、なかなか風格があった。

特に品のいい男雛の白い顔の、静けさを湛《たた》えた遠くを見る眼差しは、若殿によく似ていているように思われた。

思わず覗き込んでいると、その目がふと清兵衛に向けられ、微笑《わら》ったような気がした。心の底まで見据えられたようで、軽い眩暈《めまい》を覚え、ふらりとその場にしゃがみ込んだ。

今は、ことの真相がはっきりと見えた。

若殿は昨夜深更《しんこう》に、この背山亭から逃れられ、春の夜の闇に紛《まぎ》れて姿を消してしまわれたのだと。

その行先はおそらく、追っ手が到底思いも及ばぬ遠方だろう。今後、殿とあいまみえ、あのように物語することはないだろう。

「若殿……」

清兵衛はそれきり絶句し、男雛に向かって土下座したまま、涙を流し続けた。

四

篠屋の玄関に案内を請う声がしたのは、三日の夕刻だった。

綾が応対に出てみると、十七、八の武士が、眉を怒らせ思い詰めたような表情で立っている。

「それがし、久米《くめ》弥次郎と申す者だが、船頭の磯次どのはおりますか」

濃い眉の下から、強い視線を綾に注いで言った。

「はい、ただ今……」

綾は奥に駆け込んで、首をすくめた。

「磯さんをご指名ですよ。こわそうなお武家様！」

一仕事終えて一服していた磯次は、久米弥次郎……と聞いて首を傾げ、呑みかけの茶碗を置いて立って行く。

「ああ、磯次どの。ちと頼みたいことがある」

という声を耳にして、綾もそれとなく玄関に出てみた。

「仔細《しさい》は外で……」

と武士は挨拶もそこそこに玄関を出て行き、磯次もそれに続いた。

玄関から後ろ姿を見送っていると、二人は暮れなずむ川べりまで行くと向かい合い、久米弥次郎が何やら書状を渡している。

綾は台所に引っ込んで食器洗いを済ませ、二階に運ぶ座布団を抱えて再び玄関を通りかかると、玄関横の〝待ち部屋〟から、ボソボソと磯次の声が聞こえてきた。

何か特別の注文なのかな、と好奇心をそそられ、そっと出入り口に近寄って耳をすませた。

「……昼日中《ひるひなか》の船旅なら別ですがね」

と磯次が低声《こごえ》で呟くように言っている。

「真夜中、地形もよく分からぬ上流を、全速力で漕ぎ上るとなれば……」

そっと暖簾《のれん》の隙間から覗くと、二人は、座敷に広げた地図を挟んで上がり框に腰掛け、食い入るように覗き込んでいた。

「つまりあの辺りは、よほど馴れた船頭でないと通れぬ難所だと？」

「まあ、そういうことで」

「しかし……」

少し沈黙があってから、弥次郎が言った。

「磯次どのほどの達人が、通ったことがないはずないでしょう？」

「いや、大抵はその下流の橋場《はしば》辺りまでですね。千住大橋まで、川を大回りして行く客は少ない。もちろん、通らんこともありません。夜釣りの客をたまにね……。あの辺の河岸は〝マキノヤ〟と呼ばれ、葦《あし》の茂る岸辺の流れ込みで、鮒《ふな》や鯉《こい》や鰻《うなぎ》がよく釣れるんでさ」

北から流れて来るのは〝荒川《あらかわ》〟で、橋場の上流で南に大きく湾曲して向きを変え、〝大川〟として流れ下ってくる。

その大きく蛇行している辺りの河岸が通称マキノヤで、一帯はハンノキ山と呼ばれる。その沿岸に広く、榛《はん》の木《き》が群生しているからだった。

山といっても実際には平地で、榛の木の多い雑木林が、ずっと小塚原《こづかっぱら》の刑場まで続いていて、無宿人の掘っ立て小屋などが散在し、ひどく寂しい所だった。

ちなみに地元には、古くから大蛇伝説があるという。

このマキノヤ辺りで川がよく氾濫するため、荒ぶる川を大蛇に喩え、その怖さを伝えていると言われる。

「あの辺は出水が多いので、家が建たんし、ゆえに人が住みつかない。川岸は遠浅だが真ん中の瀬は流れが速いから、よく地形を呑み込んでないと、櫓を取られちまう」

「………」

「そればかりじゃないですよ。景色もいいし、昼はなかなかいい釣り場ですがな、夜はカッパが出ますよ」

「……カッパ？」

「そう、わしらはそう呼んでます」

「……山賊海賊の類いですか？」

「その通り。マキノヤのどこから這い出て来るんだか、突然船をひっくり返す、川賊ですわ。こっちが、何とか岸に泳ぎつこうもんなら、手ぐすね引いて仲間が待ち受け、寄ってたかって身ぐるみ剝ぎやがる。以前、夜釣りの客を乗せてうっかり引っかかっちまって、えらい目に遭ったことがありますよ」

「ふーむ」

「夜のあの辺りは地獄でさ」

「………」

息を呑んで黙ってしまった弥次郎に、磯次は腕を組んで言った。

「ところで、舟には何人お乗せするんで？」

「いや、何ぶんにも突然のお達しなんで、まだそれは……」

「念のため申しておきますが、大川じゃ、遅い時間に大勢を乗せて船を出すのはご法度ですぞ。せいぜい小舟で五、六人までです」

磯次はそれきり、腕を組んだまま黙している。

「なるほど、夜の大川には、とんでもない難所があるわけだ」

と弥次郎が開き直るように言った。

「当方も、何人かを沿岸に配し、密かに護衛させよう。何ぶんにも火急のことゆえ時間がない。陸を行きたくても、江戸の夜はどこも、がんじがらめの番所地獄だ。川で行くしかないが、お頭《かしら》は、殿のご依頼を引き受けてくれるのかくれぬのか」

と食い下がった。

「どんな川だって、難所の一つ二つはある。だが大川は、いやしくも家康公が開かれた、江戸最古の川筋。お手前ら船頭には、二百数十年も馴れ親しんだ庭のようなもの。未だ何の策もないとは、言わせんぞ」

「へえ、ごもっともで」

と磯次は頷いた。

「ただ、どうであれ真夜中、ご老中であられたお方を乗せて、あの難所を通るのはご勘弁くだされ……」

「あの剛毅《ごうき》な殿が、数ある船頭から見込んだにしては、なんと弱気な！　無礼を承知で申せば、礼は存分に致しますぞ」

「金の問題ではねえんで」

磯次は太い眉を少し吊り上げ、ボソリと言った。

「これはどうも。仮におぬしが力不足としても、それを補う秘策があると殿は期待しておられたが、とんだ見込み違いだ」

と弥次郎は刀に手をかけかねない勢いで食い下がる。

「ははは、お若いの。よう言いなさった」

弥次郎の喧嘩腰に、磯次は笑い出した。

「いや、やらないとは、まだ申しておらんです。うっかり断ったら、手前は生きてここを出られまい。今はそれが心配でさ、ははは……」

「また冗談を……」

「いやいや、船頭なんて臆病《おくびょう》なもんでしてな。板子《いたご》一枚下は、地獄です。カッパよりも大敵は、風。イナサに歯向かう策はない。だが……マキノヤの瀬なら、失敗しないための秘策はないでもない」

「それを早く言ってもらいたい」

弥次郎は声を弾ませた。

「で、その策とは？」

「この磯次に、すべて任せてもらうことでして」

「…………」

相手は一瞬ひるんだが、

「それは当然だ。ただこの難所をいかに通り抜けるか、その策は聞いておきたい。殿は六万石のご世子。臣下として御身に危険が及ばぬ保証を求めるのは、当然でござろう」

弥次郎は鋭く迫った。

「ごもっともで」

と磯次は頷いた。

「いや、詳しいことは船に乗ってからと思っておったが、今申しあげても構わんです。なに、外の力を借りる算段でしてな」

「外の力？」

「ここだけの話、ここ一番てえ時の請負人《うけおいにん》の座が、この川にありましてな。一種の〝助郷《すけごう》〟みたいもんで」

「その座とは……いわゆる闇の？」

「そう、古い川にはよくあるんですよ」

「では一つだけ聞こう。どんな連中が関わっているのか」

「それは言えんです。それが掟《おきて》でしてな」

「しかし、こう言っちゃ何だが、そんな得体の知れぬ力を借りるのを、殿が潔《いさぎよ》しとなさるかどうか……」

　そう言われると案じて、磯次は迷っていたのである。

「殿にはこう伝えてくだされ」

　と磯次が言った。

「殿を、地獄の向こうへお届けできるかどうかの瀬戸際だ。ここは〝座〟の力を借りるのを条件に、お引き受けしたいと」

　一瞬、室内には深い静寂が落ちた。弥次郎は、危急の選択を迫られたのだろう。

　綾は驚きで、固まっていた。そんな〝座〟の話など初めて聞く。

　それに今夜、夜逃げを企てているらしい〝元老中〟とは、まさか……。昨年の初冬だったか、この船着場で見送りした端正なお方が、ありあり思い浮かぶ。

「……殿のお返事を待つ余裕はない」

やがて沈黙の底から、そんな声が聞こえた。

「この久米弥次郎の一存《いちぞん》で、磯次どのに一任しよう。心ゆくまで、力を傾けてほしい。よろしく頼みます」

きっぱり言って立ち上がる気配に、磯次の声が追う。

「へい、磯次、命に替えて請け負いましょう」

「ついては、これで足りるかどうか分からぬが……」

と金子を差し出す様子である。

「あ、それは……」

「いや、殿から預かったものは、そのまま納めるのが掟でござる」

その強い言葉に、磯次は強い視線で相手を見返しただろう。

たしかにこれにはいささか金がかかる。だが実は磯次は、座を使うのは初めてのこと。今まで噂に聞くだけだったのだ。

それが、弥次郎の頼みを聞いたとたんに胸に湧き上がり、自費を投じても、これで切り抜けようと考えたのだ。

「では有り難く、使わして頂きましょう」

磯次は、さらに二、三、簡単な打ち合わせを始めた。

綾がそっと忍び足でそこを離れようとした時、

「綾さん」

と突然、磯次の声がかかった。綾は飛び上がりそうになった。まさかここにいるのを知っていたとは。

「六平太が奥にいるから、急ぎ呼んでほしい」

六平太が飛んでくると、そのまま弥次郎に引き合わせた。

「これは六平太と申し、若手じゃ柳橋一番の漕ぎ手です。これからこの者が高橋までお送りします。で、高橋についいたら、迎えに上がる時間を殿に確かめ、この者に伝えてほしい。その時間に、船着場まで舟を回しますでな」

そして六平太に向かって言った。

「六、今夜は、他に仕事を入れるな。おかみには、おれが断っておく」

五

その夜の四つ半（十一時）ごろ。

一艘の釣り舟が、潤《うる》んだように柔らかい春の闇の中に滑り出た。小名木川《おなぎがわ》高橋下の、芝翫河岸《しかんがし》からだった。

小名木川は、深川のほぼ中央を、まっすぐ東西に横断する運河である。下総行徳《しもうさぎょうとく》から日本橋まで、塩を運ぶために掘られ、中川と大川を結んでいる。

東へ向かえば、小名木川出口の中川番所まで。

西に向かえば、大川まで。

昼間は塩廻船や茶船《ちゃぶね》などいろいろな川船が行き交い、船上の人々の声があちこちに響いて、なかなか賑やかな川だった。

だが夜ともなればひっそりとして、船影一つない。

眠りについた屋敷町を縫って流れる川を、その釣り舟は、静かに大川に向かって進んで行った。

黒っぽい法被《はっぴ》をまとい、紺手拭いで頰被りして、艫《とも》で櫓を漕ぐ船頭は六平太である。

ギイギイ……という櫓の音のほかは、何の音もしない。

釣り舟には、身軽な釣り着をまとい笠を被った、町人ふうの釣り人が六名。小笠原長行と、その従者だった。

誰もが荷を持たず、わずかな身の回り品だけを背に負っている。

だが脇差を身につけ、長刀を釣り道具に紛らせたり蛇の目《じゃのめ》傘の柄《え》に仕込んで、持ち込んでいた。

誰もが頬を引き締め口を閉ざしている。深夜とはいえ、どこに人の目があるか分からない。櫓の音と水音の他に、何か音がしないか。誰かに後をつけられていないか。どこかで誰かに見られてはいないか。

そんな不安でピリピリしていた。

舟はほどなく河口の万年橋《まんねんばし》を潜《くぐ》り、大川に出た。

そのまままっすぐ大川を突っ切らずに、下流に向かって小名木河岸の前を左へ折れていく。舟底に川波が当たって舟は揺れ、漕ぐ音が大きくなった。

「大川に出ました」

と船頭の低い声がした。

「此処からは少し揺れますよ。いったん永代《えいたい》河岸まで下《くだ》ってから、向こう岸に渡り、そこで舟を乗り換えて頂きます」

永代橋まで下るのは、人目に怪しまれないためだ。

小名木川を出てから大川を下り、永代橋辺りで対岸に渡る道順は、日本橋まで塩を運ぶ塩回船と同じである。

見馴れた道順で行くのが自然だろう。そんな配慮から、磯次の舟はその対岸近くで待つことになったのだ。

誰も言葉を発せず、ただひたすら前を向いている。

この逃避行に従った家来は、総勢十八名——。

その大半が、二十代前半の若者ばかりだった。

家老や用人や留守居役などの子息たち、近習、馬廻りの者（親衛隊）、国元から勉学に来ていた書生……等で、みな健脚《けんきゃく》と剣の腕に自信があり、命がけとなる随行《ずいこう》を自ら志願したのである。

乗船しているのは六名。残りの十二名は、警固として川沿いの道を見え隠れに従うことになった。

奥方の満寿《ます》と側室の美和《みわ》は、すでに夜陰《やいん》に紛れて裏木戸から脱出させた。侍女二人が付き添い、向かった先は本所小梅《こうめ》の庄屋宅である。

途中で何ごともなければ、そろそろ着いているころだろう、と長行は思う。

突然の思いがけぬ出立《しゅったつ》を知って誰もが驚愕《きょうがく》したが、最も驚いたのが、長行自身だったかもしれない。

覚悟していた事態とはいえ、まさかこの雛祭りの日になろうとは。まさかあの清兵衛が、その迎え役になろうとは……。

うっかりその誘いに乗ったら、死出《しで》の旅になっただろう。

義父長国は、佐幕派か恭順派かの選択には、これまで曖昧な態度を取り続けてきた。長行が幕府の重鎮《じゅうちん》である以上、取るべき道は当然ながら佐幕である。

だが長国にとっては、瓦解《がかい》した幕府に殉《じゅん》じることに、少なからぬ抵抗があったのだ。

昨慶応三年十月、徳川慶喜は将軍職を、朝廷に返還した。

それを受けて朝廷は、全国二百七十藩に号令をかけ、全藩主を京へ招集した。大名たちの忠誠心を測るためである。

しかしその時点では招きに応じた大名は少なく、唐津藩もまだ踏み止まっていた。

だが今年の正月、旧幕軍が鳥羽伏見《とばふしみ》の戦いに敗北したことで、慶喜に追討令が出され、天下の情勢ははっきり見えてきた。

今まで手を拱《こまね》いて日和見《ひよりみ》していた大名らは、こぞって上京を急いだ。

唐津藩がどんな決断をしたかは、今のところ長行に知らされていない。だが藩主の使者として、清兵衛が出府《しゅっぷ》してきた。

その老臣の憔悴《しょうすい》した顔を見て、長行はある疑惑を抱いた。

何気なく藩船のことを問うてみると、藩主が船で帰ったばかりという。そう清兵衛が答えるのを聞いて、長行は直感した。

藩主は、新政府軍の巣窟《そうくつ》の京に出向いたのだと。

長国はいよいよ旗幟《きし》鮮明《せんめい》にし、新政府に味方すると伝えるための上京だろう。

だが老中小笠原長行を輩出《はいしゅつ》した唐津藩のこと。そうやすやすと信用されるはずはない。その首を出せ、と要求されても不思議はなかろう。

世子である自分は、逆賊《ぎゃくぞく》としてその座を追われ、成り行きいかんでは、切腹か斬首《ざんしゅ》になるかもしれぬ。

義父は、自分を生《い》け贄《にえ》にするために清兵衛を使者に立て、唐津に呼び寄せようとしているのである。

深夜の突然の逃避行の裏には、そんな経緯があったのだ。

江戸を捨てることに、思い残すことはない。

ただ、舟が深川の岸を離れた時、深く胸をえぐったのは、江戸に止め置いた幼い息子のことだった。

昨年十二月、側室に誕生したばかりの一粒種《ひとつぶだね》を、この非情の父親は、〝捨丸《すてまる》〟と名付けて捨てた。

幼少から逆境を生き抜いてきたためだろう、我が子を人並みに育てることが、不安でならなかったのである。

周囲を見渡せば、家来に傅《かしず》かれて育った坊っちゃん大名ばかり。徳川幕府の滅亡という、歴史上の大事件に立ち会いながら、何一つ支えることも出来ない暗愚《あんぐ》の輩《やから》が大半だった。

長行はこの先、滅びゆく徳川に殉じる覚悟でいる。そんな自分がこのまま子を育てれば、罪もない我が子が、逆賊の子として石もて追われ、命も奪われかねまい。その行く末が思われた。

孤立しても、どんなに誹謗中傷《ひぼうちゅうしょう》に晒《さら》されても、毅然《きぜん》と生き抜く人間に育ってほしい。

そうした強い思いに急《せ》かされ、泣き響《どよ》もす女たちを振り切り、生まれてまだお七夜《しちや》も迎えていない捨丸を、信頼する蘭方医に託したのだった。

自分は我が子を捨てたのだ、と思う。

(生きろ、自分より長く生きてくれ……)

願うのはそれだけだった。

ギイギイ……と舟は永代河岸の前から方向を転じ、対岸へ漕ぎ渡る。

橋の袂《たもと》には、近くの船見番所の灯りが、周囲をぼんやり照らしている。その上流は、幕府の御用船が停泊する御船蔵だった。

真っ暗な闇溜まりの中に、ピチャピチャ……と水が岸に打ち寄せる音だけが静かに聞こえる。そんな闇の奥から、一艘の屋根船が船着場に漕ぎ寄って来た。

六平太の指示で、乗客らは無灯の中でその船に乗り移る。

櫓を手にして船尾に立つ黒い大きな影、それが磯次だった。すでに六平太は今漕いで来た釣り舟に戻って、しゃがんでいる。

「乗り変え完了」

低く告げたのは、最後に乗り込んで、艫《とも》の左脇に座った久米弥次郎だった。それに呼応するように、スッと大きく船が河岸を離れた。

舳先《へさき》の船灯が、灯りを闇に滲ませて、上流へ進んで行く。

夜空は靄《もや》がかかったようにぼんやりして月はないが、頭上高くに多くの星が瞬《またた》いていた。

六

「……世話になるな、磯次」

船が流れに逆らいながら順調に進み出すと、長行の声がした。

長行がいるのは、両側に簾《すだれ》を垂らしている船の右舷《うげん》最後尾。船頭のすぐ前に座っており、ずっと簾を少し巻き上げて外を見ていた。

「今夜は、篠屋の船を選んで頂いて、光栄にございます」

「いや、よりによって夜逃げの手伝いとは、そなたも不運だった。もっと風流船に付き合わせたかったがな、ははは……」

「いえ、三日の晴れなしと申すこの季節、両岸の桜は満開にございます。雨散らしの雨もなく、春疾風《はやて》も吹かないとは、こいつァ幸先《さいさき》の良い夜でございますよ」

「そうはとても思えんが……」

と長行は笑った。

「ただ、そなたの船に乗れたのは幸先がいい。それに満開の桜は何よりの花向けだ、今夜は夜桜見物といくか」

「そう、それがようございます」

「しかし花見と聞いて、急に腹がすいた」

夕方、清兵衛と共につついた祝い膳しか、腹に入れていない。清兵衛が酔って寝込んでからは、準備にてんやわんやで、夕食どころではなかったのだ。

「弥次郎、握り飯があったな、この先、何があるか分からんから、今のうちに腹拵《ごしらえ》えをしておこうか」

厨房に弁当を命じればよかったかもしれない。

だがそのことで、当家の主人の脱出が屋敷中に知れては、まずい。どこに光っているか分からぬ密偵《みってい》の目が、長行には案じられた。

また屋敷にいて事情を知った者は、誰もが、涙ながらに随行を志願した。だが逃避行とあれば、皆を連れて行くわけにはいかぬ。

そもそも、五十に手が届く家老や側用人に、この先に待ち受ける過酷な試練を味わわせたくはない。

随行の顔ぶれを選ぶのが一苦労だったが、どう言っても納得しない。

「帰らぬ旅になるかもしれんから、供は二人だ」

と断れば、

「足手纏いと仰せられますか。ならばこの老骨《ろうこつ》の代わりに、どうか血を分けた倅《せがれ》をお連れくだされ。きっと何かのお役に立ちましょう」

と食い下がる。

そんなこんなで十八名の随行者が決まるまで、時を要した。

だがさすがに夜食を心配する老臣がいて、長屋に駆け戻って人数分の握り飯をこしらえさせ、茶の入った筒と共に持たせてくれたのだ。

「はい。それがしも急に腹が減りました」

弥次郎はごそごそと包みを開き、粗末な経木《きょうぎ》の包みを、船中に回した。梅干しだけの武骨《ぶこつ》な握り飯を頬張ると、これがことのほか旨い。

「こんな旨い握り飯は初めてです」

「酒があればもっといい……」

などと初めて、船内に無駄口が行き交《か》った。

すると船外から磯次の声がした。

「ああ、漕ぐのに夢中ですっかり忘れとりました。次のお乗換えは、山谷堀《さんやぼり》でござります。そこにはにわか作りながら、篠屋の花見弁当が届いておるはずで。弁当には酒がついてございます」

おお……と歎声が上がった。

「弁当も酒も、篠屋総動員であつらえました。護衛の方々のご人数分もあるそうですから、ご安心くだされ」

「それは有り難い」

言って、長行はふと思い出したことがある。

あれは昨年師走《しわす》の、寒い夜更けだった。高橋の屋敷まで送ってもらおうと、磯次の漕ぐ猪牙舟《ちょきぶね》に乗ろうとした時、篠屋から走り出て来て、熱い燗酒《かんざけ》を持たせてくれた女中がいたのである。

暗い中で顔も見えなかったが、〝匂いやかな女人〟という感じを抱いたのを忘れない。あの時は、生まれたばかりの息子を手放した直後の、傷心のただ中にいたため、その心使いが胸に沁《し》みた。

今後会うこともなかろうが、その女人も弁当を作った一人だろう。

夕方からずっと、決死の脱出に心砕いていた長行は、思いがけない〝再会〟に、ふと張り詰めた緊張が解け、一瞬鼻の奥に込み上げるものを感じた。

風もなかったが、船はそこそこに揺れている。

船はまだ新大橋を潜ったばかりで、両国橋に近づきつつあったが、もはや遠い所に来ているような気分だった。

「心づくしの弁当は、千住大橋が見えてきたら開こう。花見弁当と祝い酒を楽しみに、この川を凌ごうぞ」

その言葉に、低く頷く声が相次いだ。雑談も始まり、さざ波のように私語と笑いが広がった。

「磯次どのは、山谷堀までですか？」

弥次郎が問うた。

「へい、そこからは別の船頭に変わります。ただ千住大橋まで、手前もお供しますでな、よろしくお付き合いくだされ」

「次の船頭は、大丈夫ですか」

と何も知らぬ一人が言った。

「ご安心くだされ、海坊主《うみぼうず》と皆に呼ばれる漕ぎの達人《たつじん》です」

「海坊主が……口も利けるんですか」

「へい、普通の人間ですよ」

皆は声を忍ばせて笑い、思い思いに私語を囁いてざわついたが、船内にまた沈黙が広がった。

深夜の大川には、さすがに上りも下りも船影は少なく、轟々《ごうごう》と音を立てて流れ下る川の音の中に、磯次の櫓の音だけが響いた。

弥次郎から座の話を聞いた時、長行はただちにそれを了承した。磯次がそうすると言うなら、何が問題なのかと言わんばかりだった。

長行は、清兵衛のことを考えていた。

誰よりも酒に強い左党《さとう》だった男が、昨夜は徳利三本めくらいからろれつが回らなくなった。長行がちょっと席を外して戻った時、膳の前に正座したままコックリコックリと舟を漕いでいたのだ。

(もしかしたらあれは狸寝入《たぬきねい》りではなかったか?)

心のどこかで、そう思いたい自分がいる。

(自分に脱出の機会を与えるために、一世一代の芝居を打ってくれたのでは……)

そうであってほしいと思うが、どうだろう。

あるいは清兵衛は、己を頼む気持ちが強すぎたのかもしれない。自らが藩主と世子の間に立つことで、その剣呑な仲を、安泰にとりもつ事が出来ると。

そう信じて、自ら難しい使者を志願したのかもしれない。

だが義父長国が、そう甘い人間ではないのを、長行は知っている。

暗く滑る川面を眺めて、若い時分から見て来た長国の様々な顔を思い浮かべるうち、睡魔に見舞われてうとうとした。

「殿、桜が素晴らしく見事ですぞ」

隣の弥次郎の声にハッと覚醒《かくせい》し、外を見やった。

いつの間にか両国橋や、蔵前と通り過ぎたようで、弥次郎に言われるまま急いで左岸の土手を見やった。

「おお……」

思わず声を上げると、席を変わりましょうか、と隣の弥次郎が腰を浮かし、グラリと心細いほど船が揺れた。

「いや、座っておれ。花見に来たわけじゃない。ただここは浅草か、花川戸《はなかわど》か」

「はい、ここは桜で有名な吾妻橋の辺りです」

左側の巻き上げた簾の向こうに、土手のヨシノザクラが、無数の白い花をつけた枝を重そうに川に差し述べている。

灯りはどこにもないが、まるで花自身が発光体であるかのように、白っぽい光を発して見えるのだった。

速力を緩めず漕ぎ進む船に従って、そんな光景がどこまでも展開するのは壮観《そうかん》だった。

江戸に上って二十数年になるのに、これまでほとんど名所観光をしたことのない自分に驚いた。若いころから、たった今あとにしてきたあの背山亭が、すべてだった。

自分を訪なう人々がすべてで、外の景色さえもその人々が運んできてくれたものだ。

世に出たいと強く望んだ日もあったのに、今はこの世から遠ざかりたい思いでいっぱいだ。すべてが夢。自分自身も夢である。

あまりに美しい桜に胸が重くなり、目を右岸に転じた。

はるか対岸には、寝静まった民家の灯りが、ポツリポツリと間遠《まどお》に並んでいるのが見える。中央の川面には吉原《よしわら》帰りか、猪牙舟がいかにも静かに下って行く。

こんな静かな夜の川を見ていると、自分が今、どんなに険しい立場に置かれているか忘れてしまいそうだった。

「おーい、その船、止まれ！」

突然そんな声が聞こえたのは、その桜の土手を通り過ぎた辺りだ。

夢心地で見とれていた皆は、ギョッとして背筋を伸ばす。それまで捲《まく》り上げられていた簾が、素早く下ろされた。

「おいッ、船頭、聞こえんか、止まれというのだ」

磯次は迷いつつもゆっくりと速度を落とした。

土手を見やると、桜が切れた土手の下の葦が生い茂った所に、釣り人用らしい船寄せがあり、その船着場に、大小を差した大きな男が立っている。

手の提灯《ちょうちん》をぐるぐる回しており、その灯りで見る限り、恰幅のいい立派な風体《ふうてい》の武士だった。

「こっちへ参れ。お前ら、町人だな」

急に簾を下ろした屋根船を見て、怒鳴った。

「こんな夜更けに、何用でそう急いでおるか？」

船内にサッと緊張が走り、刀に手をかける者もいた。

「いえ、野暮用《やぼよう》でございますよ」

磯次は笑いを含んだ声で言ったが、用心深く岸には近寄らない。

「抜かすな、野暮用が聞いて呆れるわ。夜間の大勢の舟遊びはご法度と、承知しておるか？」

「そりゃもちろんでさ」

「何人乗っておるのか？」

「へえ、四人でして……」

少なめに言う。すると疑わしげな声が飛んできた。

「簾を巻き上げろ！」

皆は刀の柄に手をかけ、鯉口《こいくち》を切った。

「お武家様、いったい何のお調べで？」

磯次がおっとり言い、時間を稼ぐ。

「この時間じゃ、吉原はもう間に合わんよのう。お前ら、今戸《いまど》辺りの三谷堀《さんやぼり》芸者を目当てに、逸《はや》っておるんだろう」

「あ、いや、橋場までですして、ただの釣りでございますよ」

「ばか者、橋場まで女が釣れるか？　何人乗っておる」

「ですから旦那、四人だと……」

（あれはただの酔っ払いだ）

と長行が低く言った。

（簾を上げよ、どうせ酔眼朦朧《すいがんもうろう》で何も見えんさ）

それを聞いて、磯次が船内に向かって言う。

「へえ。お客さん、お武家様のお調べです、ちょっと簾を上げてもらえるかね」

簾がスルスルと上がった。

武士は闇を透《す》かすように提灯をかざした。

「うむ、船頭、もっと近う寄れ。わしを乗せろ！」

「ええっ？　そ、それは……」

「わしは今戸に行きたいが、財布をどこかに落としたのだ。あの堀まで乗せてもらいたい」

そう聞いたとたん、磯次は棹《さお》を手にして大きく突いたから、河岸から思い切りよくスイッと離れた。

「おのれ船頭めッ、裏切ったか、船を返せ」

武士は地団駄《じたんだ》踏んで小柄《こづか》を抜き、船に向かって投げようと振りかざした。だがその手を、背後から駆けよった人影に、がっしりと摑まれるのが磯次には見えていた。

護衛のため、岸辺を走ってきた若い従者である。

速力を上げて遠ざかる船の背後で、あの男の叫び声がし、続いてボチャンと落ちる水の音が聞こえた。若者らに投げ込まれたのだろう。

船内で、ワッと笑い声が上がった。

七

山谷堀の入り口にある今戸には、篠屋と親しい料亭があった。

今戸は大川遊覧の道順の要《かなめ》であり、吉原に冷やかし客を案内したあとに、ここに上がって一杯呑む趣向になっている。

その料亭の船着場に、磯次は船を繋がせてもらう。

全員が陸に上がると、すでに護衛隊が到着していた。

短い休憩の間に、長行以外の五人が、風のように入れ替わった。また船が変わり、いよいよ篠屋からの弁当が運び込まれた。

その船は見たところ普通の屋根船だが、〝海坊主〟と呼ばれる船頭が、自分が漕ぎやすいように手を入れた改造船という。

櫓が二つの二丁立てで、嵐のあとなどの急流では、二人で漕ぐらしい。今日の磯次は漕がないが、もし何か事があれば、櫓を握るつもりだった。

永代橋からかなりの流れを遡ってきた磯次だが、疲れも感じていないようにケロリとして、船行灯を手に船着場に立っている。

やがてその朧《おぼ》ろな明かりの輪の中に、大きな黒い影がのっしのっしと入ってきた。

そこに浮かび上がった異様な姿に、すでに乗船して待っていた六人は息を呑んだ。

ツギハギの鈍《どん》付《つ》く布子《ぬのこ》の尻切れ半纏に、黒い股引、編み上げの草鞋ばき。破れて穴のあいた蓑笠《みのかさ》の下から、頬かぶり用の手拭いを垂らしている。

その出で立ちよりも驚くのは、その小山のような図体だ。背丈は普通より少し高いぐらいだが、でっぷり横に太っていて、まるで相撲取り……いや、実際に相撲取りだったのだ。こんな重石《おもし》のような男が乗って大丈夫かと、案じられそうな巨体だった。

「この者が千住大橋まで櫓を漕ぐ船頭で、通称〝海坊主〟です」

と磯次が船に向かって紹介すると、

「頼むぞ、海坊主！」

と中の若者から声がかかった。

「おう……」

というような奇声を発して海坊主はペコリと頭を下げ、そのまま船に乗り込んでいく。

続いて磯次も乗り込み、船灯を舳の辺りに置いて、蹲《うずくま》った。

それを合図に船頭が、大きく上体を揺らして櫓を引いた。とたんにグーンと船は進んで、一気に桟橋《さんばし》を離れる。

その勢いがあまりに強く、全員が遠心力で上半身をのけぞらせた。

「おっとっと……」

と隣の肩につかまった誰かが、囁いた。

「あの笠の下は、相撲取りの大銀杏《おおいちょう》じゃないのか」

「いや、海坊主というから、坊主だろう」

と声が応じ、忍び笑いが起こった。

長行は、若い近習らのそんなやりとりを受け流しながら、対岸に間遠に連なる灯りを眺めていた。

磯次は皆には明かさなかったが、長行にはすでに報告していた。今この船に乗る直前に、磯次が伝えたのである。

海坊主は実際に、関脇《せきわけ》まで上がった力士だった。

ところが何の事情があってか人を殺《あや》めた。獄門《ごくもん》に懸けられる寸前に、贔屓筋《ひいきすじ》からの助命嘆願が相次いで、八丈《はちじょう》へ遠島《えんとう》となったと。

どんな事情で罪を犯したか、なぜ島から帰ってこれたか。それは不明だが、船漕ぎが得意で、嵐の夜に船で島を脱出したとも言われる。

いや……と別の説もまことしやかに囁かれているらしい。

海坊主は、獄内で殺されて死骸は小塚原に捨てられたが、土中《どちゅう》で生き返って、この辺りに逃げ込んだと。

「ほう、さもあろう。いや、苦しゅうない」

と長行は驚くふうもなく頷いた。何があっても、何か事情があるのだろう、と何につけ驚かない長行である。

この上流から、急に両岸が暗くなっていくようだった。

いや、浅草という江戸一の盛り場と、不夜城《ふやじょう》吉原を抱えるあの一帯が、他に比べて明る過ぎたのかもしれない。

そんな暗い川面を、まさに飛ぶように船は進む。

暗かった対岸が、急に白じろと明るくなった。あの辺りが、沿岸の土手に延々と桜が咲き誇る向島堤《むこうじまづつみ》だろう。

「船頭、あそこが向島か」

長行は、海坊主に向かって話しかけた。すると、

「う、う……」

という奇声が返ってきて何か言ったようだが、誰も何も聞き取れなかった。またクスクス笑う若い声がし、

「見たか、あの海坊主、全身が倶利伽羅紋紋《くりからもんもん》だぞ」

と忍びやかに囁く声が聞こえた。

「まるで化け物だが、ただの無駄太りじゃなかろうな」

などの囁き声で船内はしばらくざわついたが、それもだんだんに静まっていく。長行は目を閉じて、静かに考えた。

自分はこれからどこへ行くのか。

千住からは陸路を取り、草加《そうか》、栗橋《くりはし》、那須野原《なすのはら》を経て、白河《しらかわ》の棚倉《たなぐら》へ向かう街道を、とりあえず地図で調べさせはした。そこは小笠原家の先祖のかっての領地。しばらく身を寄せる家はあろう。

だがその行く末は……？ 考えもまとまらぬうちまた少しうとうとし、目が覚めたのは船が揺れたからだった。

どうやら流れの急な瀬を、船は懸命に遡っているらしい。

「エイ、ホウ……エイ、ホウ……」

という船頭の、力強い掛け声が響いていた。揺れながらもその声は規則正しく、船は安定感を持ってグイグイ上って行く。

外は真っ暗で、岸のある辺りに灯りは全くなかった。若者らは、今は眠っているようで、鼾《いびき》さえかいている者がいる。

頭を垂れて眠りこけている隣の近習の頭越しに外を見ると、通り過ぎていく左岸が見える。そこは木々が鬱陶しいほどに生い茂って、重なり合い、黒々した稜線《りょうせん》を作っていた。

　ここまで夜の中を漕ぎ進んできても、さして不気味には思わなかったが、今はまさに草木も眠る丑三《うしみ》つ時《どき》。外のギイ、ギイ……という櫓の音と、エイ、ホウ……の掛け声が聞こえなければ、この陰々たる天地の狭間《はざま》から逃げ出したくなるほど、心細い。

　自分はもう江戸には戻れまい、我が人生ここまで、これが桜の見納めか。

　そんな思いが、長行を締め付けた。

「ここはどこだ、地獄の一丁目か」

　誰にともなく呟いたのだが、すかさず返事があった。

「ハンノキ山でさ」

　磯次の声だった。

「向島から十数丁、遡りましたかな。川が大きく蛇行しておって、ここがマキノヤの辺りでさ。この河岸の一帯は、榛の木の林です」

　そう説明したが、その林がはるか小塚原刑場まで続いているとまでは、さすがに言えなかった。

　その時、近くの水辺で、バサバサッ……と鳥の羽音がし、ピイ……と短くさえずって、飛び立っていく声がした。船の音に驚いたか、それとも何かいるのか、とそちらに目を凝らす。

「今の鳥か」

「オオヨシキリか、ウグイスか……何《い》れ《ず》にせよ春告げ鳥でございましょう」

「春告げ鳥……」

「この辺りは下流より少し春が遅うございます。ですが春告げ鳥が鳴けば、ここも春
……とわしらは縁起を担ぐんですよ」

「ほう、春告げ鳥とは幸先がいい」

「この先、殿はご無事で行かれましょう。ただ……」

その言葉に長行は、微笑した。

「ただ?」

「春告げ鳥は、異変も知らせてくれたようで」

と磯次は、鳥の羽ばたきが聞こえた岸の暗がりを透かし見ている。

長行は胸騒ぎがして、通り過ぎていく岸辺を食い入るように眺めた。すると、黒々
とした木々の奥に、何か赤いものがチラついたような気がした。

「おい、起きろ」

と隣の近習を、揺すり起こした時だった。

バシッという音がしたと思うと、屋根船の天井を支える柱に何かが刺さったようだった。とたんに外がぼうっと赤くなった。

「火矢《ひや》だ！」

磯次が叫んで、立ち上がる気配がした。その声に一斉に皆が目を覚まし、慌てて動き出したから、船が左右に大きく揺れた。

「騒ぐな！　殿、伏せてくだされ、皆も伏せろ」

弥次郎が一喝《いっかつ》し、左右の簾を上げて身構えた。火矢が刺さったら、たちどころに燃え上がるのを恐れたのだ。

磯次が手桶《ておけ》を手にしていたが、水をかけるまでもなく、海坊主が、突き刺さった火矢をむんずと摑んで引き抜くや、松明《たいまつ》のごとく高く掲げたのである。

次の矢が飛んできて、バシッと左舷に当たって、川に落ちた。

八

「よお、何者じゃい！　このはっつけ野郎めが！」

海坊主は船尾に仁王立《におうだ》ちになり、大音声《だいおんじょう》で怒鳴り立てたが、何を言ってるかはっきり分からない。

「わいを知らねえたァどこのべらさく野郎でえ！　出て来い、ツラを見せろや、目《まなこ》く り抜いて魚のエサにしてやるでな！」

忿怒《ふんぬ》のあまりか菅笠は吹き飛んでいて、むき出しになった坊主頭が、燃え続ける炎の色に染まっていた。

辺りはシンとして静まり返って、その野太い声は、水の音しか聞こえぬ夜の静寂に響き渡った。真っ暗なハンノキ林は、闇に溶けた。

その時、遠くでバシャバシャと水の中を走る足音がし、ギャアッと男の悲鳴が上がった。

おそらく海坊主の大音声を聞いた、護衛隊の手柄だろう。騒ぎを知って賊を追跡し、何らかの方法で処分したのだろう。

再び、辺りは静まった。

ハンノキ山を過ぎると、川は穏やかになって行く。

海坊主は再び、エイ、ホウ……、エイ、ホウ……と掛け声をかけて、何ごともなかったように漕ぎ続ける。船内の若者らはすでにみな覚醒《かくせい》して、押し黙ってその声を聞いていた。

まだ夜は明けていない。夜の底の暗さが、さらに濃くなったように思えるのは気のせいだったか。

「船頭、千住大橋まで、あとどのくらいだ？」

長行が声をかけたが、

「ウウ、そ、それは……」

海坊主はグズグズと何か呟いたが、よく聞き取れない。だが今度は誰も笑わなかった。この船頭が不気味でどこかしら恐ろしかったのだ。

真っ暗な林の中で、一番カラスの声が聞こえた。

「磯次よ、もう近いのか」

「ああ、そろそろでございます。千住という所は、やっちゃ場（青物市場）や魚市場が多くて、朝が早うございますでな」

魚市場などは八つ半（午前三時）に開き、そこから江戸市内へと運ばれるのだという。

「そろそろ人が動きますで。大橋には、夜の明けぬうちに着いた方がようございます」

皆はすでに身仕舞いを整え始めていた。

「どうやら弁当は無理だな」

長行は、楽しみを諦めたように言った。

「へえ、もう少しで遠くに大橋が見えてきますよ」

と磯次は、暗い川を透かし見るようだ。

「弁当は大橋についてからの楽しみとして、異変を告げてくれた春告げ鳥に感謝し、一献、祝杯はいかがですか」

若い者らに低い歓声が上がった。

磯次はすでに暗い中で用意していたらしく、酒を満たした茶飲茶碗《ちゃのみぢゃわん》を盆で回した。酒の匂いが流れた。

「おぬしも呑め」

「いえ、わしらは、山谷堀まで下《くだ》ってから盛大に呑みますで」

「おお、そうだな、いずれ戻るのなら、そなたも乗せてもらえ」

長行は思いついたように、そばの大野《おおの》某《なにがし》なる子飼いの使番《つかいばん》に向き直った。千住から一旦、江戸に引き返し、町や城の様子を探って来るよう命じたのである。

「あ、舟は任せてくだせえ。どこにでもお送りしますでな」

と磯次が申し出た。

「そなたと海坊主のおかげでここまで来れた、礼を申すぞ。篠屋にも、よしなに伝えてくれ」

「へえ必らず。この先もどうかご無事で……」

長行は皆に向かって茶碗を掲《かか》げ、一気にあおった。

「うむ、船頭、千住の橋までゆるりと参ろう」

心中、思うことがあった。この旅の春告げ鳥は清兵衛だったと。

翌三月四日も朝から晴れ渡り、爛漫《らんまん》と咲く桜花が、風もないのに花びらを散らしていた。

この日、清兵衛は、この下屋敷の見事な桜の木の下で切腹したという。

――参考資料

本書は左記の作品を参考にさせて頂きました。

『わたしの隅田川』　鈴木鱸生（光風社書店）
『黙阿弥の明治維新』　渡辺保（新潮社）
『江戸の見世物』　川添　裕（岩波新書）
『開国の騎手・小笠原長行』　岩井弘融（新人物往来社）

時代小説
二見時代小説文庫

春告《はるつ》げ鳥《どり》　柳橋《やなぎばし》ものがたり7

二〇二一年十二月二十五日　初版発行

著者　森《もり》　真沙子《まさこ》

発行所　株式会社　二見書房
〒一〇一-八四〇五
東京都千代田区神田三崎町二-一八-一一
電話　〇三-三五一五-二三一一［営業］
　　　〇三-三五一五-二三一三［編集］
振替　〇〇一七〇-四-二六三九

印刷　株式会社　堀内印刷所
製本　株式会社　村上製本所

ISBN978-4-576-21193-0
https://www.futami.co.jp/

藤 水名子

古来稀なる大目付

シリーズ

① 古来稀《まれ》なる大目付 まむしの末裔
② 偽りの貌
③ たわけ大名
④ 行者と姫君

「大目付になれ」——将軍吉宗の突然の下命に、一瞬声を失う松波三郎兵衛正春だった。蝮《まむし》と綽名された戦国の梟雄・斎藤道三の末裔といわれるが、見た目は若くもすでに古稀を過ぎた身である。しかも吉宗は本気で職務を全うしろと。「悪くはないな」——冥土まであと何里の今、三郎兵衛が性根を据え最後の勤めとばかり、大名たちの不正に立ち向かっていく。痛快時代小説！

瓜生颯太

罷免家老　世直し帖

シリーズ

以下続刊

①罷免《ひめん》家老　世直し帖1　傘張り剣客

②悪徳の栄華

出羽国鶴岡藩八万石の江戸家老・来栖左膳《くるすさぜん》は、戦国以来の忍び集団「羽黒組」を束ね、幕府老中となった先代藩主の名声を高めてきた。羽黒組の諜報活動活用と自身の剣の腕、また傘張りの下士への奨励により藩を支えてきた江戸家老だが、新任の若き藩主と対立、罷免され藩を去った。だが、新藩主への暗殺予告がなされるにおよび、来栖左膳の武士の矜持《きょうじ》に火がついて……。新シリーズ！

和久田正明

怪盗 黒猫 シリーズ

以下続刊

① 怪盗 黒猫
② 妖刀 狐火《きつねび》
③ 女郎蜘蛛

若殿・結城直次郎は、世継ぎの諍いで殺された妹の仇討ちに出るが、仇は途中で殺されてしまう。下手人は一緒にいた大身旗本の側室らしい？ 江戸に出た直次郎は旗本屋敷に潜り込むが、黒装束の影と鉢合わせ。ところが、その黒影は直次郎が住む長屋の女大家で、巷で話題の義賊黒猫だった。仇討ちが巡り巡って、女義賊と長屋の住人ともども世直しに目覚める直次郎の活躍！